Monique se liberta

Édouard Louis

Monique se liberta

tradução
Marília Scalzo

todavia

Então é a Nova Vida que eu vejo

Hélène Cixous, *Ève s'évade*

I

Ela me telefonou no meio da noite. Estava chorando. Eu tinha vinte e oito anos quando esse telefonema aconteceu, e era a terceira vez, talvez a quarta, que a ouvia chorar desde que nasci.

Ela me contou ao telefone que o homem que conhecera depois de ter se separado do meu pai e com quem agora morava num apartamento de zelador no centro de Paris a fazia reviver a mesma coisa, ele reproduzia os mesmos comportamentos que meu pai havia infligido a ela durante vinte anos, piorados; ele bebia, muito, quando o dia terminava, servia-se de copos de uísque, um atrás do outro, em potes antigos de mostarda transformados em copos de bebida e, tendo bebido, a humilhava, começava a insultá-la, a chamá-la

de vagabunda,

de puta,

de imbecil,

eu o ouvia ao fundo quando ela me ligou, nessa noite de fevereiro, ele a insultou até enquanto ela falava comigo pelo celular, fui testemunha, ouvi esse homem dizer que ela era uma vagabunda, uma puta, que seu filho — eu — era um viado, que seus outros filhos — meus irmãos — eram uns fracassados, e ela, ela não conseguia parar, não conseguia segurar as lágrimas, ela me disse, *Eu me libertei do seu pai, achei que esta seria uma nova vida pra mim e agora tudo recomeça, tudo recomeça do mesmo jeito*, ela disse, as palavras entrecortadas por soluços,

Não sei por que tenho uma vida de merda assim, por que só conheço homens que me impedem de ser feliz, não mereço sofrer tanto, o que eu fiz de errado?

Eu também comecei a chorar.

O choro dela me fazia chorar.

Tentei recuperar o fôlego. Sentei no sofá atrás de mim e disse a ela: "Não se preocupe, nós vamos dar um jeito" — uma frase ditada pelas circunstâncias, ouvida provavelmente centenas de vezes no cinema ou na televisão; nas situações mais dramáticas nossas reações são sempre as mais comuns.

Procurei pensar o mais rápido possível: "Certo, já sei o que vamos fazer. Você vai pôr algumas roupas numa bolsa e sair daí imediatamente. Você vai pra minha casa".

Ela poderia ficar no meu apartamento; eu não queria que ela ficasse com um homem que a agredia e a fazia sofrer, ela precisava ir embora logo, um amigo que tinha a chave do meu apartamento e que estava em Paris lhe abriria a porta, eu ainda não tinha avisado esse amigo, claro, mas sabia que ele faria isso, sabia que me ajudaria — que ele a ajudaria. Expliquei a ela — à minha mãe — que eu estava no exterior fazia algumas semanas e que ainda ficaria lá por duas semanas. Por causa de compromissos profissionais, não podia voltar imediatamente para a França, mas faria o meu melhor à distância.

Ela me respondeu:

— Acho que não tenho força pra ir agora, nesse momento. Vou embora amanhã.

Insisti: não podíamos saber como a situação evoluiria, já que esse homem com quem ela vivia estava tão agressivo naquela noite. E se ele se tornasse violento, fisicamente? Se tentasse bater nela? Se se jogasse sobre ela de repente? Não é uma situação tão rara, eu disse, você sabe muito bem que minha irmã já voltou para casa com marcas no rosto por causa de um homem, Loïc, o jogador de futebol que eu achava tão bonito, você sabe muito bem que meu irmão já bateu numa mulher até que ela acabou chamando a polícia, durante toda a minha vida, eu vi, principalmente na nossa família, homens batendo em mulheres e não quero que isso aconteça com você, eu disse a ela, *Não quero que isso aconteça com você, você precisa ir embora daí, precisa ir embora*, e enquanto eu insistia em convencê--la, o homem continuava gritando atrás dela: Por que está me olhando assim, você acha que porque está me denunciando pro seu filho eu vou ter medo, sua

vagabunda,

imbecil,

você acha que vou ter medo do arrombado do seu filho,

e eu aproveitava esses insultos para dizer a ela — à minha mãe —, Olha só, escuta como ele está falando com você, estou ouvindo tudo, você precisa ir embora, o meu amigo Didier vai ajudar você, por favor, me ouve, mamãe, pega só umas roupas e o cachorro e foge, por favor foge, mas ela me respondia com a voz cansada de um animal ferido, ela não falava, ela suspirava, *Não, não, não posso ir embora assim, tenho documentos pra pegar antes de ir, tenho documentos importantes aqui, vou esperar ele dormir pra achá-los, ele sabe que me mantém aqui porque todas as minhas coisas estão na casa dele.*

Eu suplicava: *Documentos não são nada, você pode tirar outros, nós vamos fazer outros, juro, você vai dizer que perdeu e vamos fazer outros, vamos, vai embora, vai embora*, eu disse: *Se você me ligou é porque se sentiu em perigo, ou não teria feito isso, você precisa ir embora hoje à noite*, no entanto minhas súplicas não serviam de nada, ela não ia mudar de ideia, além do mais percebi que minha insistência estava pesando, e de repente tive medo, medo de acrescentar dificuldades a uma situação já asfixiante, me senti culpado e não tentei mais persuadi-la, convencê-la.

Suspirei:

— Tem certeza de que a noite não vai ser muito dura se você ficar?

Ela respirou fundo. Tinha parado de chorar:

— Não é uma noite ruim a mais que vai mudar alguma coisa. De qualquer modo, logo ele ficará tão bêbado que vai dormir e me deixar em paz. Não se preocupe, estou acostumada.

Eu sabia que ela estava acostumada. Durante toda a minha infância tinha visto meu pai, quando estava bêbado, chamá-la de

Vaca gorda,

Montanha

ou Gordona, principalmente na frente dos outros, para que todo mundo desse risada e para humilhá-la. Eu sabia que ela estava acostumada, mas queria justamente que ela parasse de se acostumar.

Ela repetiu:

— Não se preocupe. Vou sair dessa. Me desculpe por ter ligado.

Eu a fiz prometer que iria embora no dia seguinte, assim que pudesse, e ela me prometeu. Perguntei a ela:

— Quer que eu fique com você no telefone? Posso ficar na linha a noite toda se você quiser.

Mas ela não quis.

— Não. Se ele me vê falando com você vai ficar mais nervoso ainda. Vou só ignorar o que ele disser até que esteja bem bêbado e vá dormir.

Desliguei e em seguida mandei uma mensagem para Didier. Quando o nome dele apareceu na tela do meu celular, atendi e expliquei o que tinha acabado de acontecer. Didier disse que iria para a minha casa no dia seguinte na hora em que fosse preciso abrir a porta para a minha mãe e entregar as chaves para ela. Perguntei se ele poderia sacar algum dinheiro e dar a ela, para que fizesse algumas compras, comida e produtos básicos, dinheiro que eu lhe devolveria assim que voltasse a Paris, e Didier disse que sim, claro, faria isso.

Desliguei o telefone, olhei a sala à minha volta e esperei. Não sei o que eu estava esperando.

*

Tentei passar a noite da maneira mais normal possível. Não consegui. Tinha certeza de que uma catástrofe estava prestes a acontecer. Escrevi para minha mãe pelo WhatsApp: Tudo bem? Tudo sob controle?

Ela me respondeu: Vai ficar tudo bem. Vai dormir, não se preocupe. Eu a imaginava encolhida num canto da sala, enquanto o homem perto dela gritava; imaginava a luz do celular refletindo em seu rosto enquanto ela digitava no teclado, tons de verde e violeta sobre a pele, fazendo-a aparecer e desaparecer sucessivamente. Eu me lembrava de ter lido num livro de história que um dia encontraram corpos de mulheres do período neolítico com o esqueleto fraturado pela violência dos homens. A violência que minha mãe vivia tinha o cheiro das grutas e cavernas da pré-história, o cheiro da violência milenar.

Perguntei a ela de novo: Ele está dormindo agora? Esperei pela resposta.

Levantei, andei em círculos.

Eu estava perguntando demais? Estava exagerando? Ou será que ela, por já ter vivido tantas cenas como aquela, conseguia se adaptar melhor à situação do que eu, mesmo sendo ela a agredida e a insultada, e não eu?

Será que ela havia mentido sobre a gravidade do que estava acontecendo?

Eu suspeitava disso.

Me lembrei da minha irmã que uma noite, quando eu era adolescente, apareceu com marcas no rosto e da mentira que contou e na qual ninguém acreditou: *Bati de novo a cabeça, sou uma idiota.*

Me lembrei das histórias que meu pai contava sobre o pai dele — meu avô —, que, quando bebia, jogava cadeiras no rosto da mulher, histórias que ela — minha avó — nunca contava.

Será que minha mãe também não estava contando tudo?

Ela acabou me escrevendo: Tudo bem, ele dormiu. Amanhã vou embora, juro. Vai dormir.

Eu me forcei a acreditar nela; engoli um sonífero, fui deitar e deixei o som do celular ativado. Não queria perder uma ligação dela, uma notícia. Tive medo de um acidente, sonhei com um milagre.

*

O dia seguinte. Ela esperou eu acordar, aparecer online no aplicativo de mensagens instantâneas, e me escreveu: "Estou pronta".

Reclamei: "Mas por que você não me avisou mais cedo, se já tinha levantado?". Ela respondeu: "Quis deixar você descansar".

Durante toda a noite tive medo de que ela desistisse. Tive pesadelos nos quais ela me telefonava para dizer que havia mudado de ideia, que ia ficar; lhe contei isso, mas ela estava segura de sua decisão:

— Não, acabou. Não vou mais deixar que pisem em mim, vou embora de uma vez por todas.

O homem com quem ela vivia ainda dormia, era o momento ideal para ir embora. Ela tinha conseguido pegar os documentos que achava importantes, fuçando as gavetas: certidões, documentos da previdência social, receitas médicas. Sua carteira de identidade. Havia preparado uma mochila com roupas, onde pôs camisetas, meias e uma calça, além da que usava; na véspera, conversando com ela sobre sua partida e esboçando um plano para a fuga, eu a aconselhei a levar o mínimo de coisas, para que não carregasse peso demais e tivesse dor nas costas.

Imaginei que uma mala mais pesada tornaria a fuga mais difícil, mais lenta, e que o homem com quem ela vivia poderia ouvi-la, perceber barulhos na escada, acordar e alcançá-la, essa imagem ficou passando pela minha cabeça como uma visão de horror, imaginei esse homem pondo a mão em seu ombro e perguntando: *Onde você vai desse jeito? Daqui você não sai,* e ela, petrificada, incapaz de se mover por causa da mala enorme, enclausurada em seguida por ele, vigiada para que não tentasse mais nenhuma fuga, lhe descrevi essa cena, minha angústia de que isso acontecesse, mas ela repetiu que estava apenas com uma mochila, uma mochila minúscula fácil de transportar, e seu cachorro.

Então tudo estava pronto.

— Vamos?

— Vamos.

Chamei um táxi do apartamento em que estava, em Atenas, a milhares de quilômetros de seu corpo cansado, de sua respiração entrecortada.

Menos de cinco minutos depois o motorista me avisou que estava lá embaixo. Ela desceu:

— Estou saindo.

Ela abandonou anos de vida, roupas, objetos que tinha comprado durante esse período para deixar o apartamento, como ela dizia, menos sinistro.

Imaginei seu corpo de um metro e cinquenta e oito fugindo pela rua, a mochila nos ombros, o cachorro minúsculo sob o braço, o passo apressado para percorrer o espaço entre o prédio e o carro que a esperava, sua respiração, sua respiração, e a imaginei repetindo para si mesma: Não vou mais deixar ninguém pisar em mim. Acabou.

Telefonei para Didier e o avisei de que ela ia chegar na minha casa; ele já estava a caminho também. Não tinha esperado meu aviso, desconfiou do que podia estar acontecendo e se adiantou.

Na tela do celular, um carro preto em miniatura simbolizava o táxi que atravessava vários bairros da cidade, com minha mãe dentro dele. Apertei os olhos como se pudesse enxergá-la, como se pela força da concentração eu fosse capaz de transformar aquele símbolo em matéria viva, documental.

Ela estava indo embora.

*

Fazia sete anos que ela morava em Paris. Quando falava disso, me dizia muitas vezes: "Não acredito que estou morando aqui! Em Paris! Que comecei uma nova vida na minha idade, com mais de cinquenta anos!".

Ela, que tinha passado a maior parte de sua existência numa cidadezinha isolada do norte da França, aquela onde eu cresci com ela, um lugar com pouco mais de mil habitantes, longe de tudo, ela, que por muito tempo pareceu condenada a nunca ir embora, um dia fez isto: escapou de seu destino.

Foi nessa cidadezinha que ela encontrou o homem de quem fugiria sete anos mais tarde, mas quem primeiro permitiu que ela escapasse. Ela — minha mãe — acabara de mandar meu pai embora depois de vinte anos de casamento, vinte anos durante os quais ele exigira que ela cozinhasse,

limpasse a casa,

fizesse compras,

arrumasse as camas,

lavasse a louça,

se calasse enquanto ele assistia à televisão, seis ou sete horas por dia, sob pena de despertar sua raiva, ela não aguentava mais esse clima e milagrosamente conseguiu mandá-lo embora.

Depois dessa ruptura, morou sozinha com meu irmão e minha irmã mais novos, e várias vezes por semana, no fim da tarde, encontrava a vizinha, no jardim colado ao seu, para beber licor de lichia ou umas doses de uísque.

Ali, durante um desses aperitivos rotineiros, diante do sol que se punha ao longe atrás das chaminés das fábricas, um homem apareceu. Era o primo da vizinha. Ele tinha nascido naquela região, mas morava em Paris havia cerca de dez anos, num dos bairros mais luxuosos da capital: trabalhava como zelador. Ele olhou para ela e sorriu, tentou seduzi-la; ela não resistiu, eles dormiram juntos e, depois de alguns meses se encontrando, ela foi com ele para Paris, onde eu estava estudando.

Na primeira vez em que a encontrei, numa ruazinha perto do Sena, ela estava com o cabelo arrumado, maquiada; sorria; eu nunca a tinha visto tão *consciente de si mesma*. Vi em suas expressões a alegria e a surpresa diante daquilo que estava vivendo. É preciso entender: a maioria das mulheres que ela e eu tínhamos conhecido no Norte viviam e morriam na mesma cidadezinha ou então se mudavam num raio de apenas poucos quilômetros, passavam a vida com o mesmo marido, mesmo quando não o amavam mais: elas aguentavam. Mas não minha mãe. Ela não.

Foi esse orgulho que vi em seu rosto naquele dia. Ela disse: "Você viu como estou bonita agora que moro aqui?", e eu respondi: "Sim, sim, é verdade, você está bonita. Você é a rainha de Paris".

Ela não sabia, e nem eu poderia saber, que esse sonho duraria tão pouco.

*

E também: enquanto ela entrava no táxi, na manhã de sua fuga, me lembrei do dia em que lhe prometi que passaríamos uma noite juntos num restaurante perto da torre Eiffel. A vergonha é uma lembrança. Eu me lembrei porque sentia vergonha. Foi no terceiro ou quarto ano depois que ela se mudou para Paris, eu não a via fazia vários meses e escrevi para lhe dizer que esse jantar a dois seria a oportunidade de nos encontrarmos e conversarmos. Ela respondeu quase instantaneamente:

"Sim! Que horas?", e eu sugeri:

"21 horas?"

Mas no fim do dia um fotógrafo que estava de passagem por Paris me convidou para jantar e eu aceitei. Escrevi para minha mãe e disse que eu tinha um problema, um imprevisto de última hora, uma reunião profissional importante. Menti. Não era uma reunião, não era importante, mas jantar com um artista conhecido no mundo inteiro, em vez de jantar com ela, me envaidecia, ingenuamente.

Ela reagiu com uma interjeição: "Ah".

Depois outra mensagem alguns minutos depois: "Que pena, eu tinha me arrumado toda" — *se arrumar* era, desde que ela havia deixado meu pai e se estabelecido numa cidade grande, a sua vingança na vida, uma maneira de se reapropriar de seu corpo e de não ficar reduzida ao status de escrava do lar: "Se você pensar que passei anos de moletom, no meio do mato, limpando um barraco, enquanto seu pai via televisão, sem nunca cuidar de mim, tudo isso acabou".

Agora que eu sabia o que ela havia passado na casa desse homem com quem morava em Paris, que ele bebia, que a insultava, que a agredia, me lembrei dessa cena em que cancelei o jantar com ela e fiquei paralisado de vergonha. Deduzi que as saídas, como aquela que fiz minha mãe ter a esperança de que acontecesse, ou qualquer outra, deviam representar um escape, mesmo que breve, do seu dia a dia.

Um lado de fora.

Depois, ela me diria: "Fazia bastante tempo que com ele era assim, mas não falei nada pra não incomodar".

Depois, minha vergonha continuaria se expandindo, ocupando sempre mais espaço dentro de mim.

*

Mas prossigo: ela atravessava a cidade no táxi com seu cachorro no colo, sua mochila ao lado. Uma mulher em fuga. De Atenas, eu acompanhava na minha tela a progressão do carro pelas ruas de Paris.

Didier já estava na minha casa; dez minutos mais tarde ele a ouviu subindo a escada lentamente, por causa de seu peso e do fôlego prejudicado pela asma e pelo cigarro.

Ela entrou no apartamento com a testa brilhando de suor. Didier disse a ela; "Você é corajosa. É sempre difícil fugir. Eu a admiro".

Ela me contou por telefone no dia seguinte: "Seu amigo disse que eu era corajosa. E que me admirava. Deu pra ver que ele achava isso".

Ao longo da vida, minha mãe muitas vezes se apegou aos elogios que lhe faziam; eles lhe davam, e ainda dão, a sensação de enfim ser vista, de existir aos olhos e nos discursos dos outros, e de então romper com a invisibilidade imposta pela pobreza e pela vida com homens que estavam obstinados em rebaixá-la. Quando eu era criança, acontecia de ela me repetir várias vezes durante o mesmo dia uma observação elogiosa que tinham feito a seu respeito no supermercado ou na praça da prefeitura, e eu me irritava e gritava: "Mas você já me disse isso mil vezes!!!".

Agora eu entendia.

Didier pegou a mochila dela para pôr em cima da mesa e ficou alguns minutos com ela, eles conversaram; mas ele estava com receio de que ela se cansasse. Ele me diria naquela mesma noite que a tinha achado muito fraca e que não sabia se devia ficar ou ir embora, fazer companhia ou deixá-la sozinha. Ele lhe disse isso, que queria fazer o que fosse melhor para ela, e ela disse baixinho: "Sim, acho que preciso descansar".

Ele lhe entregou o dinheiro que eu tinha pedido que ele tirasse, além de algumas compras que havia feito, e disse que ela poderia ligar para ele quando quisesse, e foi embora.

Quando ele me avisou que estava voltando para casa, uma nova imagem veio, a de minha mãe no silêncio do meu apartamento, entre duas vidas, em algum lugar entre um passado do qual fugir e um futuro desconhecido.

Não sei se eu achava essa imagem bela ou trágica, bela porque minha mãe tinha acabado de se libertar, e trágica porque era preciso começar tudo de novo, se libertar mais uma vez, ela que pensava que sua felicidade estava garantida para sempre depois que deixara meu pai.

Quantas vezes me disse após aquela ruptura: *Enfim vou ser livre!* Ela não era. Ainda tinha que lutar.

Didier me escreveu: "Ela vai precisar de você, eu acho".

Olhei a hora. Pensei um pouco. Achei que era preciso dar um tempo para ela se acomodar; contei cinco minutos, dez minutos, então liguei por vídeo para saber como ela estava.

— Você está bem? Foi muito difícil?

Sua voz estava rouca:

— Tudo bem. Estou cansada, mas está tudo bem.

Senti as lágrimas voltarem aos meus olhos quando ela disse essa frase. O cansaço sempre foi o símbolo central da injustiça na vida da minha mãe. Cansaço de estar restrita ao espaço doméstico, cansaço de ser humilhada, cansaço de ter que fugir, cansaço de ter que lutar, cansaço de ainda ter que recomeçar.

Há seres que são sustentados pela vida e outros que precisam lutar contra ela.

Aqueles que pertencem à segunda categoria estão cansados.

Falamos por um bom tempo por vídeo, pelo celular; ela me contou como tinha juntado suas coisas e arrumado a mochila, como tinha esperado que o homem na casa de quem ela morava dormisse, afundado bêbado no sofá, e como ele, mesmo quando seus olhos se fecharam e ele começou a cochilar, continuou proferindo insultos inconscientemente. Na pressa ela tinha esquecido coisas importantes, objetos de que gostava, que gostaria de ter trazido com ela, além de todas as roupas que não pôde carregar, e tentei tranquilizá-la, prometendo que mandaria um amigo ir buscá-las.

Ela estava com fome; sugeri que pedisse algo para comer, para que não tivesse que cozinhar nem lavar louça. A ideia de que fizesse tarefas domésticas nessas circunstâncias me transtornava.

— Vou pedir comida pra você todos os dias e mandar entregar enquanto você estiver se recuperando de tudo isso, combinado? Faremos um pequeno ritual. Experimentaremos restaurantes diferentes, comida indiana, libanesa.

Será que eu estava exagerando mais uma vez? Perguntei a ela, mas ela me cortou:

— Estou sem forças, então não me incomodo de fazer o mínimo possível.

Havia outra coisa: eu temia que ela se entediasse na minha casa. Ela havia sido catapultada para um ambiente que não era o seu, sozinha, cercada dos livros que eu vinha acumulando fazia alguns anos. E, principalmente, não havia televisão no meu apartamento, e eu sabia que ela assistia bastante, sobretudo para passar as tardes.

Ela respondeu que não tinha problema, que assistiria a um filme no celular; de qualquer modo estava com dor de cabeça, sem condição de se concentrar em nada.

Houve um breve silêncio, ela observou o cômodo à sua volta e entendi que eu precisava deixá-la descansar. Eu disse:

— Bom, eu ligo pra você amanhã. Agora tenta descansar um pouco.

— Sim, vou tirar um cochilo. Acho que vou descansar o dia todo, comer e depois dormir.

— Mamãe?

— Sim?

— Eu quero que você saiba que me orgulho de você.

*

Pouco mais de um ano depois de ter se mudado para Paris, ela bateu na porta desse mesmo apartamento no meio da tarde. Levei um susto; ninguém vinha na minha casa desse jeito, sem avisar.

Eu estava escrevendo; fechei o notebook e fui abrir. Era ela. Perguntei:

— Mas o que aconteceu? Você não pode vir na minha casa sem avisar quando estou trabalhando, isso não se faz, eu preciso ficar aqui concentrado.

Ela respondeu, num tom consternado:

— Não vou tomar muito seu tempo, só preciso usar o banheiro.

Virei meus olhos para teto:

— Sim, claro...

Esperei que ela saísse do banheiro e se sentasse. Servi um copo de suco de laranja para ela.

— Por que você não foi num café? Você pede uma bebida e usa o banheiro, é simples.

(Não ousei dizer que havia uma diferença entre a cidade grande e o interior, que na cidade é tabu e quase impossível bater na porta de alguém, até de um parente, sem avisar antes.)

Ela respondeu:

— Eu não podia ir no café.

— Por quê?

— Porque não tenho dinheiro.

Ela me explicou que ao ir morar com aquele homem com quem se relacionava, perdera os auxílios sociais que recebia depois de ter se separado do meu pai e, ao se mudar para Paris, tinha também deixado seu trabalho de meio período, que, junto com alguns outros auxílios, lhe garantia alguma autonomia.

Ao ir morar na casa de um homem, ela tinha se tornado dependente.

— E quando nós brigamos ele me diz que, de castigo, não vai me dar mais nada. Então, não tenho nem mesmo dois euros pra tomar um café e ir ao banheiro. Hoje eu quis passear e acabei ficando longe demais de casa. É por isso que tive que vir aqui, do contrário, não teria incomodado você.

Eu tinha esquecido essa cena, de repente me lembrei.

A vergonha é uma lembrança.

*

Um dia depois da fuga, onze da manhã. Eu tinha acabado de acordar. Tomei alguns cafés e liguei para ela:

— Como você está hoje?

Ela parecia sem fôlego, como se tivesse acabado de correr.

— Continuo cansada, mas tudo bem. Dormi bastante. Estou feliz de ter ido embora.

Eu me tranquilizei; tinha voltado a sentir medo de que ela se arrependesse de ter fugido e que voltasse atrás.

Didier se preocupava com a mesma coisa: "Agora que ela fez o mais difícil, é importante que se mantenha firme e que não volte para a casa desse homem. Fugir e se libertar requer tamanha energia que, muitas vezes, no meio da fuga, desistimos e damos meia-volta".

Didier tinha razão, muitas vezes preferimos nos reencontrar com um sofrimento conhecido a nos entregar a uma situação nova. Isso já havia acontecido; quando eu tinha oito ou nove anos, ela tentou deixar meu pai pela primeira vez.

Ligou para sua irmã, que veio nos buscar — "nós" significa minha mãe, meus irmãos e irmãs e eu —, e todos fomos viver na cidade, no apartamento dela, que tinha um cheiro fortíssimo de plástico por causa do revestimento do piso, que esquentava com o sol. Mas dois ou três dias depois, minha mãe anunciou que voltaríamos para casa. Meu pai tinha telefonado para suplicar que voltasse e ela havia cedido: como poderia se virar, sem dinheiro, sem diplomas, sem carteira de motorista, sem formação profissional, sozinha com cinco filhos?

Mais tarde, ela diria sobre esse momento de sua vida: "Eu queria ir embora, mas pra onde? Como eu faria isso?".

Eu me senti traído, eu que sonhava com uma vida sem pai: era muito pequeno e ainda não sabia que a liberdade tem um preço, um preço que minha mãe não podia pagar.

*

Na manhã seguinte à fuga, perguntei a ela mais uma vez:

— Você não vai voltar pra casa daquele homem, me promete?

Ela respondeu:

— Ah, isso não, tenho a minha liberdade, vou continuar assim. Eu prometo.

Passei para um assunto mais leve:

— E então, o que você vai fazer hoje? Tem alguma ideia?

Ela ergueu os ombros.

— Comprar algumas coisas com o dinheiro que seu amigo Didier me deu, levar o cachorro pra passear... Não sei. Confesso que não sei o que fazer.

Sua resposta fez eu me sentir culpado. Se eu estivesse com ela, poderia levá-la a algum lugar, para assistir a um filme no cinema ou beber alguma coisa no bar de um hotel para desanuviar a cabeça — quando ela se mudou para Paris, nas primeiras semanas eu a convidei para ir aos hotéis mais luxuosos da cidade, o Park Hyatt, o Ritz, o Plaza Athénée, lugares aonde nunca me passaria pela cabeça ir em uma situação normal. Queria fazê-la viver momentos inesquecíveis para celebrar o começo de sua nova vida, levá-la para conhecer lugares exageradamente belos e inacessíveis, e me lembro de como ela adorou esses eventos de um luxo que ela nunca imaginou alcançar, e a maneira como ela disse, levantando seu copo e me lembrando que anos antes ela ainda vivia com meu pai numa casa arruinada de uma cidadezinha no Norte:

— Até que estamos nos saindo bem, eu e você, não é?

Dessa vez não seria possível; pedi desculpas por estar tão longe, eu tinha um contrato assinado para uma residência de escrita em Atenas e precisava do dinheiro desse contrato. De qualquer forma, enquanto buscava uma solução viável, era graças a essa situação que meu apartamento estava livre e que ela podia ficar ali — e, no entanto, hoje me pergunto: será que eu deveria ter voltado? Será que havia outras coisas que eu poderia ter feito e não fiz? O quão fiel estou sendo na reconstrução das minhas lembranças do que aconteceu?

Eu disse a ela:

— Escuta, mamãe, você vai se entediar na minha casa se não tiver nada pra fazer. Vou chamar um amigo pra instalar uma televisão pra você, mas, enquanto isso, você pode usar o computador pra ver filmes e séries.

Ela mordeu o lábio.

— Não sei bem como fazer isso, não sei mexer nessas coisas, sabe.

Eu não tinha pensado nisso, nunca pensei: minha mãe nunca havia usado um computador.

— Eu posso te ensinar por vídeo.

Ela resistiu, parecendo esgotada, a voz arrastada:

— Ah, não, não faz mal, eu assisto no meu celular...

Insisti:

— Juro que não é tão complicado. Se você se entediar, vai ficar triste. E se ficar triste, vai ficar tentada a voltar atrás...

Sugeri que ela me ligasse dali a duas horas, assim teria tempo de tomar banho e se preparar, dar uma respirada. Ela poderia usar esse intervalo para pensar e, se não quisesse, não faríamos isso. Desliguei e saí para andar, o sol lá fora estava forte, e me obrigava a fechar os olhos.

*

Um parêntese: minha mãe nunca tinha aprendido a usar um computador, assim como nunca havia aprendido a dirigir, nem jamais tinha podido fazer um curso profissionalizante.

Todas essas faltas em sua vida faziam parte de um mesmo sistema.

Quando tinha dezessete anos e ficou grávida pela primeira vez, parou o curso de cozinheira para criar meu irmão. Seu primeiro marido não parou os estudos dele.

Quando, mais tarde, quis tirar carteira de motorista, meu pai a dissuadiu: dizia que ela não precisava daquilo, pois ele já tinha uma, que era só pedir que ele a levaria aonde ela quisesse — o que ele não fazia, claro.

Quando poderia ter se familiarizado com a tecnologia, ela não tinha tempo, porque

preparava o café da manhã dos filhos todos os dias,

os acordava para ir à escola,

passava a roupa deles,

ia buscá-los na saída das aulas — *em quinze anos nunca vi meu pai fazer nenhuma dessas tarefas.*

Ela nunca fez qualquer coisa para si mesma.

Sua vida tinha sido, até agora, uma vida para os outros.

*

Seu rosto reapareceu na tela do meu celular. Ela tinha colocado os óculos, como se estivesse preparada para fazer algo sério.

— Você está pronta?

— Sim, estou pronta. Estou na frente do computador.

Brinquei:

— Você está uma gracinha com esses óculos.

Ela riu:

— Como você é bobo...

— Bem, agora sério, vamos lá.

O computador precisava ser ligado. Ela levou alguns segundos para achar o botão que eu descrevera, depois ouvi o som que indicava que ela tinha conseguido, a tela de abertura apareceu. Comecei: *Agora vou soletrar minha senha. Você está me ouvindo? A primeira letra é M maiúsculo.* Ela repetiu minha frase com uma voz meio hesitante e esticando as vogais: *Agora ooook, a primeeeeira leeeetra M maiúuuuuscuuuulo.* Parou:

— Como faço a letra maiúscula?

— Você aperta a tecla de maiúsculo e ao mesmo tempo aperta o M.

Ela fez um leve ruído com o nariz.

— Mas onde está a tecla de maiúsculo?

Breve silêncio.

Hesitação.

Ia ser mais difícil do que eu tinha imaginado.

— Está vendo as teclas mais à esquerda no teclado? A maiúscula deve ser a terceira ou a quarta de baixo pra cima, ela tem uma seta apontando para o alto. Deve ser mais ou menos como no teclado do seu celular, quando você manda uma mensagem.

Ela não encontrou. E disse:

— Não tem essa tecla...

Respondi:

— Tem sim, mamãe, olha bem.

— Juro pra você que não tem.

— Tem, sim...

Breve silêncio.

Hesitação.

— Ah, achei!

Acabei de soletrar minha senha, que ela digitou letra por letra:

— Agora aperta a tecla Enter.

E a mesma coisa aconteceu, como na tecla de maiúsculo.

— Enter?

— Sim... É uma das teclas da direita, uma grande também, deve estar escrito Enter nela.

Ela procurou:

— Hummm...

Então suspirou e tirou os óculos:

— Prefiro parar, podemos fazer isso outro dia.

Insisti:

— Vamos, você vai conseguir. E quando souber usar, vai saber pro resto da vida... Você conseguiu deixar um alcoólatra, vai conseguir ligar um computador.

Ela riu de novo e eu ri com ela.

— Sempre bom lembrar que não deixei um, e sim três. Tive três maridos. Três bebuns.

— Mais uma razão pra saber que você consegue usar um computador. Vamos continuar?

Ela esfregou os olhos.

— Tudo bem.

Ela respirou fundo e nós continuamos, etapa por etapa.

Eu dizia para abrir uma janela, passar o mouse pela tela, mas ela não entendia o que essas frases significavam. Dizia *Clica duas vezes, fecha essa página*, mas ela não conhecia o significado de nenhuma dessas palavras, de nenhuma dessas expressões; eu nunca tinha pensado nisso, de repente me dava conta de todo o vocabulário técnico que é preciso dominar para se conectar a um site na internet.

Peguei o notebook no qual eu trabalhava no apartamento em Atenas e lhe mostrei o que era preciso fazer, para que ela pudesse me imitar; aproximei a câmera dos meus dedos, para indicar os gestos e as ações que ela devia repetir.

Ela sussurrava, com as sobrancelhas franzidas, *Tudo bem, Sim, Pronto*.

Ela suspirava, se desencorajava, o cansaço do dia de sua fuga voltava ao seu olhar, eu me sentia culpado de colocá-la nessa situação, mas ela se recuperava; às vezes pulava na cadeira, gritando: *Consegui de primeira! Que mulher mais inteligente que eu sou.*

Depois de quase meia hora, ela conseguiu abrir a página de uma plataforma de streaming.

Ela pôs os óculos na mesa à sua frente e disse baixinho: *Pronto*.

Ela tinha cinquenta e cinco anos e, juntos, através da tela que nos separava, tentávamos recuperar todos os anos que lhe haviam sido roubados.

*

Quando pôs os óculos na mesa à sua frente, ela não disse apenas: *Pronto*. Ela também disse: *Eu te amo, meu filho.*

Eu não soube o que responder.

*

Esse desconforto despertou minhas recordações e me lembrei daquela vez em que o filho da minha irmã veio passar um fim de semana prolongado com a minha mãe em Paris. Ele havia feito seis anos uma semana antes e ela quis aproveitar para lhe mostrar sua nova vida, seu bairro, seus hábitos recém-adquiridos — foi pouco tempo depois de ela se mudar.

Durante esse feriado a dois, eles fizeram tudo o que se pode esperar de uma temporada turística, andaram pelas ruas perto do Louvre, passearam nas lojas de departamento, tomaram sorvete nos parques, no Jardim de Luxemburgo e nas Tuileries. Na véspera de seu último dia juntos, eu os encontrei perto do Odéon e perguntei a minha mãe:

— O Arthur volta pra casa amanhã, não é?

Ela estava de mão dada com ele e, de repente, ficou com um nó na garganta:

— Sim... Ele vai embora amanhã, vou sentir falta dele... Estou feliz com ele aqui.

Sua emoção me surpreendeu demais, me desestabilizou demais: nunca tinha visto ela se emocionar durante minha infância, quando se separava de um de meus irmãos e irmãs. Nunca tinha visto ela tão doce e tão sentimental.

Na minha infância, quando eu morava com ela, minha mãe era uma mulher um tanto dura. A situação a que meu pai a submetia a lançava num estado permanente de opressão e de ansiedade, que a transformava em uma pessoa muitas vezes cruel. Eu a vejo fumando um cigarro nos cantos mal iluminados da casa e falando mal dos vizinhos ou dos próprios filhos. Me vejo durante anos sonhando com outra mãe, sonhando em ter outra mãe no lugar da minha, mais carinhosa, mais amorosa.

Mas, depois de deixar meu pai e de viver longe dele, ela mudou.

A cisão era clara, precisa: havia a minha mãe antes da separação e a minha mãe depois da separação, como duas pessoas distintas. Essa transformação não se limitava à doçura: ela se tornou também mais engraçada, mostrava mais empatia.

Ela tinha consciência dessa metamorfose.

Mais tarde ela me diria, sobre a separação do homem com quem viveu em Paris: "Eu queria ir embora antes que ele me tornasse uma pessoa má, como seu pai me tornava uma pessoa má".

*

Era o segundo dia depois de sua fuga de táxi pela cidade. Ela parecia melhor, seu rosto estava mudando. Durante o dia ela havia explorado o bairro com seu cachorro e visto um filme; ela me disse que amava esse ritmo em que as decisões eram dela. Em que não precisava levar mais nada em consideração além dos próprios desejos.

O homem de quem ela fugira telefonava várias vezes por dia, deixava mensagens de voz, e em algumas mensagens ele suplicava:

Volta, minha gatinha, sinto sua falta,

em outras se irritava, gritava, insultava:

O que você está querendo?

Você se acha muito esperta saindo assim...

Ele exigia explicações, não entendia por que ela tinha sumido, queria saber onde ela estava.

— Deleto as mensagens logo que elas chegam. E sabe do que mais? Ouvi-lo implorar desse jeito me dá bastante prazer.

O dinheiro que eu havia pedido para Didier me emprestar e dar a ela já tinha sido quase todo gasto, ela precisava de mais para comprar produtos do dia a dia que não havia em casa, ração para o cachorro, xampu, café, detergente, frutas; fiz uma transferência para sua conta bancária e esboçamos uma espécie de balanço a dois: ela havia recuperado as forças, se sentia melhor, tinha o que comer e com que se divertir, estava certa de que não voltaria atrás; sonhava com um novo começo.

A próxima etapa era, então, saber onde ela iria morar. Eu já havia tentado lhe perguntar isso no dia seguinte à sua fuga, mas ela suspirara, não de irritação, acho, mas de perplexidade, e me disse, meio perdida, como se me suplicasse para eu parar de fazer perguntas, *Eu não sei, eu não sei.*

Nesse dia achei que era hora de falar sobre isso; eu acabaria voltando de Atenas e, mesmo que eu ainda não voltasse, ela precisava de um lugar *dela.*

— Você conseguiu pensar nisso?

Ela balançou a cabeça:

— Sim, pensei. Acho que eu talvez possa ir morar na cidade pra onde sua irmã se mudou. É uma cidadezinha bonita, e assim vou poder ver os filhos dela...

Era uma excelente ideia; poderíamos achar uma casa, em vez de um apartamento minúsculo em Paris ou no subúrbio pelo mesmo preço; além disso, minha irmã estaria mais disponível do que eu para vê-la e para passar um tempo com ela — eu tinha que me render às evidências: em alguns anos vivendo na mesma cidade que ela, eu a tinha visto não mais que uma dezena de vezes.

— Você tem razão, você ficaria bem lá. Quer que a gente comece a olhar anúncios nos sites das imobiliárias?

Ela aquiesceu:

— Se você puder, olha, e se tiver coisas boas, me mostra. Você não se incomoda de cuidar disso?

Eu lhe disse que faria isso, faria uma primeira seleção e enviaria a ela.

*

Durante esses dias de fuga e de preparação para sua Nova Vida, minha mãe solicitou um apoio *total.* Ela pensava ter direito ao descanso e a uma *assistência radical* depois do que acabara de viver, e eu estava de acordo, fazia de boa vontade — Didier tinha feito o mesmo por mim anos antes, quando, após uma cirurgia, fiquei dias acamado. Ele levava meus jantares, telefonava várias vezes ao dia, me dava livros, me fazia companhia até o início da noite, no fundo, eu reproduzia com minha mãe o que a amizade me havia ensinado; no fundo, ela — minha mãe — considerava, como eu também passei a considerar, que a emancipação não se dá apenas pela ação, mas também, em algumas circunstâncias, pelo direito ao abandono, ao repouso, ao delegar.

*

Comecei a procurar uma casa para ela. Entrei em sites de imobiliárias, baixei aplicativos, digitei "casas para alugar" e o nome da cidade da minha irmã no Google. Rolei páginas virtuais, mas nada apareceu; eu não conseguia entender. Eu tinha algumas reuniões planejadas na residência em Atenas e as cancelei para ganhar tempo, fazia de conta que o trabalho de escrever me detinha e voltei mais uma vez aos mesmos aplicativos, retomei a mesma pesquisa, sem especificar valor ou área, para obter o maior número de resultados possível, tentei de novo com o nome de uma cidade vizinha, recortando manualmente a zona geográfica nos mapas apresentados pelos sites de venda e locação, mas a mesma mensagem aparecia todas as vezes: "Nenhum imóvel corresponde à sua pesquisa".

Tentei, e tentei de novo, em outros sites. Estou exagerando, é verdade, às vezes um ou dois anúncios apareciam, mas as fotos mostravam ou uma casa em ruínas ou um galpão enorme e muito longe da cidade da minha irmã, nada que se parecesse com um lugar onde minha mãe pudesse viver — e pela primeira vez percebi a importância dessa palavra, *viver* em algum lugar, e não apenas morar, encontrar um lugar no qual sua vida seria vivível, e não somente um teto, um abrigo. Na casa do homem com quem ela tinha vivido, ela não tinha vivido. Ela havia morado com ele, e justamente essa coabitação é que tinha tornado a vida inviável. Preciso prestar atenção nas expressões que uso: ele não era *o homem com quem ela tinha vivido; era o homem com quem ela tinha morado.*

Liguei para Didier e perguntei o que ele achava disso. Ele me aconselhou a telefonar para uma imobiliária da região e eu liguei para a da cidade mais próxima, a cerca de doze quilômetros da cidadezinha.

Um homem atendeu.

Ele me fez algumas perguntas, depois explicou que era preciso ver diretamente "no local", foi essa a expressão que usou. Ele disse que numa cidadezinha tão pequena é possível encontrar uma casa para alugar falando com vizinhos ou na praça da prefeitura, às vezes graças a um anúncio deixado na vitrine da padaria ou da tabacaria, mas não pela internet; nos sites que eu tinha consultado havia apenas casas para vender, salvo exceções — como pude ter me esquecido dessa realidade, eu que cresci no meio rural e que testemunhei esse funcionamento?

— Você não conhece alguém que possa ir até lá pra se informar? Perguntar na prefeitura ou nas lojas?

Respondi baixinho:

— Sim, sim, minha irmã mora lá...

Ela havia se mudado com o marido e os dois filhos para essa cidadezinha três anos antes, eu sabia disso pela minha mãe, eu não falava com a minha irmã fazia oito anos.

Ela ficou chateada comigo quando publiquei meu primeiro romance, um livro em que eu falava da nossa família e especialmente da pobreza e da violência que conhecemos — tanto ela quanto eu. Ela me mandou mensagens com insultos no dia seguinte ao lançamento do livro, depois mais nada; nunca mais falei com ela depois disso, mas sempre tive seu número de telefone.

Agradeci ao corretor de imóveis pelos conselhos, recuperei o fôlego e liguei para minha irmã.

— Alô?

— Alô?

Tentei adivinhar a expressão de seu rosto pelas inflexões de sua voz. Será que ela tinha mudado?

— Está me ouvindo? Sou eu.

— Édouard?

— Sim. Tudo bem com você?

— Tudo bem. Quanto tempo...

— É verdade...

Não havia raiva em sua voz. Havia mais tristeza e nostalgia. É estranho, a raiva teria me deixado mais à vontade.

Eu não sabia o que dizer e, para acabar com o mal-estar, disse de modo apressado: *Bom, preciso falar com você sobre uma coisa.*

Expus a situação, a fuga de minha mãe, a nova existência que era preciso ajudá-la a construir, a casa impossível de achar.

Ela já sabia de uma parte do que contei. Me ouviu, levantou hipóteses; eu tinha a impressão de que a qualquer momento ela iria me interromper para pedir explicações sobre os oito anos de silêncio entre nós, mas não fez isso.

Disse que me telefonaria no dia seguinte ou no outro, o tempo necessário para ela passar pelas lojas perto de casa e falar com as pessoas com quem cruzava todas as manhãs quando levava os filhos à escola.

Agradeci, desliguei e escrevi para minha mãe: *Continuo procurando, Clara está me ajudando. É um pouco mais difícil do que o previsto.*

*

Eu tinha sido próximo da minha irmã durante um bom tempo. Com quinze anos, ainda estudando, ela começou a trabalhar como atendente numa pequena padaria do centro da cidadezinha onde crescemos. Ela começou a trabalhar direto, depois de terminar a escola, sem transição; sonhava em ser professora de espanhol, mas o orientador pedagógico a desencorajou, disse que, numa região tão desfavorecida e pobre como o Norte, era melhor ser prático e começar a trabalhar logo, em vez de se arriscar a estudar.

Ela saía todas as manhãs muito cedo, antes de o sol nascer, para colocar o pão e as *viennoiseries* nas prateleiras, e voltava no início da noite.

Meus pais exigiam que ela lhes desse metade do salário todos os meses, para contribuir com as despesas da casa, e ela achava essa situação injusta: conhecia garotas, colegas dela, que também trabalhavam e a quem os pais não pediam nada; com esse dinheiro elas compravam video games, roupas, celulares.

Então, quando fez dezessete ou dezoito anos, ela foi embora; mudou-se para um apartamentozinho de quinze metros quadrados numa rua perto da padaria. Ela me convidava com frequência para ir dormir em sua casa, na maior parte das vezes por mensagens que mandava no meio da noite, quando todo mundo estava dormindo. Eu colocava algumas coisas na mochila, deixava um bilhete para minha mãe em cima da mesa e cruzava as ruas para encontrá-la, ouvindo apenas o barulho dos meus passos no asfalto.

Eu passava duas, três noites com ela.

Me lembro que víamos séries a tarde toda no sofá de sua minúscula sala e que falávamos mal de nossos pais, dizíamos, na realidade e substancialmente, muitas das coisas que eu escreveria depois sobre eles — foi por essa razão, inclusive, que eu não esperava sua reação à publicação do livro. Lembro que à noite íamos a boates e que cantávamos a plenos pulmões no carro dela, íamos ao supermercado na quarta-feira ou no sábado à tarde e ficávamos ali por horas, dias inteiros, para comprar roupas ou garrafas de refrigerante, lembro que ríamos nos corredores imensos e climatizados das lojas, sentindo o cheiro da comida industrializada e dos detergentes usados para desinfetar o chão da galeria comercial.

A partir do momento em que comecei a estudar, quando até então ninguém havia feito isso em nossa família, a partir do momento em que comecei a ler livros, a ir ao teatro, a me interessar pela história do cinema, todas essas coisas de repente se tornaram impossíveis. De uma hora para outra passei a me entediar, a detestar as tardes no supermercado, eu as via como perda de tempo, desprezava os video games, que passei a considerar idiotas, comecei a dizer — porque ouvi de alguém essa frase na universidade — que o cheiro que pairava nos fast foods era repugnante, me dava náuseas.

Parei de passar tardes e noites com a minha irmã.

Eu a conhecia cada vez menos, mesmo antes da nossa ruptura.

Isto também é distância de classe, violência de classe: não poder cantar a dois no carro, não poder mais rir juntos no corredor de um supermercado.

*

Passados dois dias da nossa primeira conversa depois de oito anos, meu celular tocou. Atendi; era ela, minha irmã. Parecia haver um sorriso em sua voz:

— Tenho uma boa notícia, achei algumas coisas.

Ela tinha procurado em todos os lugares possíveis, nas lojas, na prefeitura, nos grupos de Facebook dos moradores, tinha perguntado a todos os seus conhecidos e até aos não tão conhecidos com quem cruzava de manhã indo para o trabalho, mas com quem normalmente não falava, e seus esforços deram resultado, ela encontrou dois lugares onde minha mãe quem sabe poderia viver: um apartamento na sobreloja da padaria da cidade e uma casinha com jardim, numa rua tranquila, mais afastada. Ela me mandou fotos dos dois imóveis enquanto falava comigo. Deslizei as imagens da direita para a esquerda e disse que precisava desligar, queria telefonar para minha mãe e contar, mal podia esperar.

Nesses dois dias que minha irmã passou procurando imóveis, minha mãe começou a sonhar:

— Você tem noção de que estou com cinquenta e cinco anos e vou viver sozinha pela primeira vez na minha vida?!

Quando seu rosto apareceu na tela do meu celular, gritei:

— Estamos quase lá! Tem dois imóveis! Um é maior, mas os dois parecem ótimos.

Ela gritou tão alto quanto eu:

— Me conta! Quero saber tudo.

Quantas vezes tínhamos gritado juntos na vida e não um com o outro?

Resumi a conversa com minha irmã e perguntei se ela queria ver as fotos dos imóveis. Sim, ela queria. Queria vê-las imediatamente. Ela não sabia como olhar as imagens recebidas pelo celular durante uma chamada, então desliguei, esperei cinco minutos e liguei de novo.

— Gostou?

— Amei!

Era preciso agir rápido: minha irmã havia me passado o telefone do tabelião da cidadezinha, era ele quem marcava as visitas.

Se ele confirmasse a possibilidade de conhecer a casa e o apartamento rapidamente, eu mandaria de Atenas, para minha mãe, uma passagem de trem para que ela fosse se encontrar com minha irmã e visitar os dois imóveis com ela.

— Fica bom assim pra você?

— Sim.

Esperei uns dois, três segundos:

— E toda essa movimentação não vai ser muito cansativa pra você? Você mal começou a descansar...

Fazia apenas cinco ou seis dias que ela tinha fugido, talvez não tivesse vontade ou força para se agitar e tomar decisões tão importantes.

Mas de novo eu estava enganado, ela tinha pressa:

— Ah, não, estou feliz, não vou achar ruim ir ver os imóveis. Você liga pro tabelião e me conta?

Balancei a cabeça: *Sim, sim, claro.*

Antes que eu desligasse ela me pediu:

— Me mostra um pouco Atenas?

Fui até uma janela e abri para que ela pudesse observar a pedra branca lá fora, o cimento claro e as telhas de zinco que compõem a paisagem da cidade e que naquele dia, como em quase todos os dias do ano, refletiam o sol. Prometi a ela que iríamos a Atenas em breve. Que viajaríamos juntos.

*

Por que será que eu sentia uma necessidade tão profunda de ajudá-la?

*

Liguei para o tabelião. Ele poderia marcar a visita ao apartamento e à casa em dois dias. Falou num tom educado, gentil.

Avisei minha mãe e à distância reservei as passagens de trem, para ela e seu cachorro — e sempre esta pergunta dentro de mim: *por que será que eu sentia uma necessidade tão imperativa de ajudá-la?*

Continuei telefonando para ela em intervalos regulares enquanto esperava as visitas que ela faria; ela precisava falar.

Como muita gente que escapa de uma situação violenta, ela queria contar sua história:

— Você sabe, já fazia tempo que ele se comportava assim. Que bebia muito e ficava agressivo todas as vezes. Quando fui morar com ele as coisas ainda estavam bem, ele bebia só à noite, na janta, mas depois começou a beber cada vez mais cedo todos os dias. Às seis da tarde, depois às quatro, às três. E, no final, ele já estava bêbado à tarde. Ele me atacava, mas atacava principalmente os meus filhos, e principalmente você. Ele dizia: Seu filho é um viado, isso não te dá vontade de vomitar? E eu não podia suportar que ele insultasse vocês. Pode falar mal de mim, mas não dos meus filhos.

Ela me contou:

— Ele era perverso com dinheiro também. Foi ele que quis que eu viesse pra Paris e que me pediu pra abandonar meu apartamento no Norte e me juntar a ele. Eu hesitei... pensei: se não der certo vou ficar presa a ele. Falei isso e ele respondeu, Não, você vai ver, nós vamos ficar bem, eu vou cuidar de você. Mas claro que eu tinha motivos pra desconfiar. Quando estava bêbado, ele me criticava, Você vive às minhas custas aqui, queria te lembrar disso. Se eu pegava manteiga na geladeira, ele dizia, Pega menos manteiga, dá pra ver que não é você que tá pagando. Se eu esquentava leite para mim, ele dizia, Meia xícara está bom, não precisa de uma xícara de leite inteira. Eu respondia, Foi você que me encheu pra que eu viesse viver aqui, só pra te lembrar, mas ele não ouvia e recomeçava, Seja como for, estou cheio de você e da sua família, dos seus filhos fracassados, você sabe como eles são, os seus filhos, um é alcoólatra, um é preguiçoso e o outro é viado, e você de, qualquer jeito, não passa de

uma imbecil

uma vagabunda.

Soltei um suspiro:

— Tudo isso acabou agora. Não pensa mais nisso. Em algumas horas você vai conhecer sua casa nova, e logo vai estar longe dele.

*

Acordei mais cedo do que o normal na manhã das visitas e esperei sua ligação.

Eu tinha um encontro com os atores de um grupo de teatro para uma conversa de trabalho ligada à residência de escrita, e fui.

Travessia da cidade, chegada ao teatro, vozes abafadas.

Não me lembro de nada. Eu não ouvia o que me diziam. Pensava na minha mãe, nos lugares que ela estava visitando, em sua nova vida. Todo o resto me parecia fútil. Todo o resto me parece fútil hoje, comparando a isto: a vida, suas possibilidades.

No meio da tarde recebi uma chamada de vídeo e me isolei; dessa vez foram as duas, minha mãe e minha irmã, que apareceram na tela do meu celular. Redescobri pela primeira vez o rosto da minha irmã; ela tinha mudado pouco em oito anos. Os mesmos traços, apenas um pouco mais cansados. Ela começou:

— Vimos o apartamento e a casa, está feito. Você recebeu os vídeos?

Sim, eu tinha recebido e visto os vídeos.

— O apartamento é bem em cima da padaria. É pequeno, mas muito jeitoso, além disso é no centro da cidade, onde estão as lojas. A casa tem dois quartos em cima, um pátio e uma garagem. É maior e por isso é mais cara.

Perguntei o preço dos dois:

— O de cima da padaria fica 320. A outra, 480, então é um pouco cara pra mamãe, eu acho.

Minha mãe comentou:

— É uma pena, porque a casa é bem boa, com um jardinzinho. Seria o ideal pro meu cachorro...

Minha irmã se virou para ela, franzindo as sobrancelhas.

— Mas com o que você tem de dinheiro não é razoável. Como você vai se virar?

Minha mãe deu de ombros.

— Eu sei, só estava dizendo...

Sugeri que víssemos as fotos e os vídeos mais uma vez, com a cabeça descansada, e que pensássemos; uma hora depois liguei para minha irmã; esperei que ela estivesse sozinha, para que minha mãe não ficasse com a impressão de que seu destino estava sendo decidido pelos outros na sua frente, como se ela não estivesse ali:

— Você tem certeza de que não podemos ficar com a casa? Ela ficaria tão mais feliz... Acho que ela já sofreu bastante até hoje...

— Concordo com você, mas a mamãe não tem dinheiro...

— Nós podíamos dar um pouco pra ela todo mês, você e eu. Para que ela possa ficar com a casa e ter uma área externa pro cachorro. Com alguns auxílios que ela vai receber, ela vai se virar, e talvez consiga um trabalhinho...

Minha irmã fez uma expressão pensativa e aflita.

— Eu realmente não posso, tenho os meus filhos pra criar... Posso fazer compras pra ela de vez em quando, se ela se mudar pra cá, comprar comida quando ela precisar, mas não tenho como dar dinheiro.

Insisti:

— Nem quarenta ou cinquenta euros?

— Não, eu não posso...

Pensei e acabei dizendo:

— Deixa, eu cuido disso.

*

O que a minha mãe tinha visto como traição era agora o que nos permitia, juntos, construir sua liberdade.

Ela ficou com raiva de mim — assim como minha irmã — por eu ter escrito um livro sobre minha infância e sobre nossa família. Mas, paradoxalmente, foi porque escrevi esse livro, e depois os outros, que ganhei o dinheiro que agora eu podia gastar com ela.

Depois de conversar com minha irmã, pensei em Jamaica Kincaid e no seu grande romance sobre a agonia de seu irmão. Kincaid conta, ali, que a vida toda sua mãe a criticou por estudar e escrever livros. No entanto, foi porque ela se tornou escritora, e esse status lhe deu acesso a uma existência mais privilegiada, que ela pôde comprar um remédio difícil de encontrar para o irmão que estava morrendo.

Jamaica Kincaid escreveu: "Se minha vida tivesse continuado no caminho que minha mãe havia traçado, o caminho sem estudos universitários, meu irmão já estaria morto. Eu não poderia salvar a vida dele, eu não teria acesso a um remédio que prolongaria sua vida, eu não teria acesso ao dinheiro que permitiu comprar o remédio que ia prolongar sua vida".

Era a mesma coisa, a mesma situação se dava com a minha mãe: o que ela tinha visto como traição era o que nos permitia enfrentar o presente. O que experimentou como violência contra ela era o que hoje lhe permitia se libertar da violência.

*

Telefonei de novo para ela, disse que tinha falado com a minha irmã e que se ela quisesse podia ficar com a casinha com jardim, eu a ajudaria.

Ela hesitou:

— Tem certeza? Você não é obrigado...

Repeti:

— Tenho certeza. Agora eu quero que você seja feliz.

*

Ela voltou a Paris depois das visitas. Minha irmã trabalhava muito e ela não queria incomodá-la.

— Gostou dessa viagenzinha?

Ela fez que sim com a cabeça.

— Um pouco mais cansativa do que eu imaginava, mas estou feliz.

— E o que você quer jantar hoje?

Fiz essa pergunta porque estava me preparando para pedir seu jantar, como vinha fazendo sistematicamente desde sua fuga.

Ela respondeu, brincalhona, como uma condessa dirigindo-se a um criado, com o tom que usava para me divertir:

— Eu não sei... o que você me sugere esta noite, meu caro?

Rolei as opções na tela, os pratos coloridos arrumados e fotografados em fundo neutro para chamar a atenção dos clientes.

— Hum, depende do que você estiver com vontade. Comida libanesa?

Senti que ela ficou entusiasmada com a ideia.

— Ah sim, boa, nunca experimentei.

Perguntei:

— Nunca? Homus? Falafel? Vagem com molho de tomate?

— Não, nunca.

A exclusão que moldou a matéria de sua vida aparecia em detalhes minúsculos, minúsculos demais, eu pensava, ouvindo-a: com mais de cinquenta anos ela ainda não tinha provado alguns sabores, nunca havia experimentado algumas sensações gustativas, como uma espécie de privação culinária e sensorial. Quando pensamos em privação, em pobreza, pensamos na dificuldade de comprar roupas ou de pagar as contas, não pensamos em coisas como sabores, cheiros, as sensações nunca conhecidas.

Li para minha mãe os pratos disponíveis e a descrição deles. Ela hesitou, mudou de ideia, eu dei sugestões.

Quando validei suas escolhas, ela levantou os braços para o céu:

— Estou feliz de conhecer coisas novas.

Durante esses poucos dias, até mesmo uma atitude tão comum e banal como pedir comida tornava-se uma vingança.

*

Disse a ela também em tom de brincadeira:

— Quando você tiver a casa, não deixe de jeito nenhum um homem morar com você. Chega de homens. Agora, quando você quiser um, a gente paga um profissional por uma noite, sem compromisso.

Ela deu risada na frente da câmera:

— Então eu quero um brasileiro de ombros largos assim — e ela separou as mãos de forma exagerada. — Ou então um sueco de lindos olhos azuis.

*

Mais cinco dias e eu poderia voltar da Grécia. Tinha acabado de confirmar a escolha da casa para o tabelião, que estava em contato com o proprietário, que, por sua vez, tinha acabado de lhe responder. O proprietário concordou que a mudança da minha mãe ocorresse em uma semana.

Avisei a ela:

— Em uma semana você terá a sua casa!

Eu tinha conversado bastante sobre as questões práticas com o tabelião. Ele aceitou que eu pagasse os quatro primeiros meses de aluguel mais a caução. Minha mãe não teria que se preocupar com a lentidão burocrática, como seria o caso se ela tivesse pedido auxílio financeiro para a mudança.

Não haveria preocupação com dinheiro, ela poderia se poupar dessa angústia, concentrando-se em seus desejos, em si mesma.

Eu lhe perguntei de quanto ela precisaria para viver nos primeiros meses. Ela pensou, avaliou as despesas do dia a dia, eu a escutava, ela dizia, *Eu não sei quanto vai custar fazer compras só pra mim, não estou acostumada, vai ser engraçado fazer isso pra uma pessoa só, passei a vida inteira fazendo compras pra uma família ou pra homens que eram todos uns comilões, não sei, estou pensando*, e enquanto ela falava, eu pensava: *Pela primeira vez ela pode dizer Eu, e não Nós, na hora de planejar seu futuro.*

*

Eu também poderia formular assim: foi porque sofri na infância que escrevi livros que geraram conflitos com minha família, mas que, paradoxalmente, permitiram que eu ajudasse a minha mãe na sua fuga e reinvenção.

Eu poderia dizer:

Sem sofrimento na infância = sem livros publicados = sem dinheiro = sem liberdade possível.

Eu poderia dizer que o sofrimento e a liberdade são dois momentos de um mesmo processo, dois movimentos de uma mesma partitura.

Eu poderia por fim dizer que nunca conheci liberdade que não seja ao mesmo tempo uma ruptura com a violência e, portanto, que não seja também, de algum modo, sua extensão.

*

Angústia e dinheiro. Sempre os vi relacionados na vida da minha mãe.

Quando eu era criança, ela tinha medo de que um oficial de justiça viesse pegar nossos móveis para pagar nossas dívidas, aluguéis em aberto, contas de luz amontoadas na caixa do correio.

Sua frase que sempre voltava,

pronunciada em casa sob a luz filtrada pelas chamas do fogão a lenha,

pronunciada no frio e na neblina do Norte,

sua frase metamorfoseada, cristalizada sob a forma de uma nuvem que escapava por entre seus lábios: *Vão levar nossos móveis, vão levar nossos móveis.*

(Isso nunca aconteceu, mas nunca *parava de acontecer*, no sentido de estar vindo até nós, de estar se aproximando, ao longe ou já perto, nunca ali, mas sempre ali, sempre como a ameaça que podia ocorrer.)

Quando ficava ansiosa porque seus filhos — porque Eu — iam para a escola com o sapato furado e ela não tinha recursos para comprar novos.

Quando dizia: A vergonha que vamos passar, o que as pessoas vão falar dos meus filhos.

Quando estouravam as brigas entre mim e ela porque eu voltava com fome da escola e ela me mandava parar de pegar comida na geladeira, ela gritava, ficava tensa,

Para de comer tudo desse jeito!

e eu sentia aquilo como um ataque pessoal, como uma maldade dirigida contra mim, um complô contra meu estômago, eu não via que, se eu comesse aquele resto de comida, não sobraria nada para a refeição da noite ou do dia seguinte, e nada significa nada, falta total, vazio, esse nada que nas classes privilegiadas não se pode entender porque, quando dizem que não têm mais nada, ainda têm alguma coisa,

ainda têm diplomas,

ainda têm a cultura,

ainda têm algum dinheiro,

ainda têm relacionamentos que podem ajudar,

ainda têm a vontade que os privilégios lhes conferem,

nos restaurantes, vi alguns burgueses afirmarem *Estou sem dinheiro* e pagarem a conta minutos depois, juro, eles não conhecem o sentido da palavra NADA, do NÃO ou do MAIS NADA, da palavra VAZIO, como quando minha mãe sabia que, se eu comesse na volta da escola, ela não poderia alimentar o resto da família, mas isso eu não era capaz de ver ou de compreender, precisei de mais de vinte anos para entender, e eu sinto muito, sinto muito.

Quando ela me espiava na saída do banheiro e gritava:
Para de usar tanto papel higiênico! São duas folhas de cada vez, não precisa de mais!
e eu me sentia perseguido.

Quando ela gritava na porta do banheiro:
Para de demorar tanto no banho!
e eu me sentia perseguido, e não via que era por causa da angústia do dinheiro, e eu respondia *A gente não pode nem se lavar nesta família de merda*, e eu a detestava.

(Falei sobre essa angústia para ela há alguns dias pelo telefone e ela disse: *Era pior do que você imaginava. Eu falava com seu pai no quarto, no escuro, eu dizia: Mas como a gente vai fazer? Como a gente vai fazer pra comer? Pra sair dessa? A gente brigava por causa disso, eu e ele, mas eu escondia de vocês, não podemos atormentar os filhos com esse tipo de coisa.*

O que aconteceu nos primeiros anos da minha vida que eu não soube ver? Quantos anos são necessários para começar a perceber a realidade da sua infância?)

*

Didier pedia notícias da minha mãe por mensagem. Eu o mantinha informado de todas as etapas, de todas as questões e de todos os avanços, e também das dificuldades: a casa impossível de achar, a ajuda da minha irmã e nossa cooperação improvável depois de anos de silêncio, as visitas, o dinheiro.

Eu dizia para minha mãe: "Hoje contei ao meu amigo o que você fez", e ela respondia, surpresa e lisonjeada: "Verdade? Ele pergunta de mim?".

Didier me falava da mãe, que havia morrido dois anos antes. Ela tinha conhecido o pai dele muito jovem, aos vinte anos. Foram morar juntos, ele trabalhava na fábrica e ela como faxineira, tiveram filhos, era ela quem cuidava deles, ela que cozinhava, que se encarregava de tudo na casa. Sua mãe tinha nascido quase quarenta anos antes da minha, quer dizer, quase duas gerações antes, no entanto a vida dela era praticamente igual ao que foi a vida da minha mãe por décadas.

Ela também tentou escapar de seu destino iniciando um curso de datilografia; mas teve que desistir por falta de tempo e de recursos. Didier me contou que mais tarde ela entrou com um pedido de divórcio, mas voltou atrás. Detestava o marido, não aguentava mais sua ira, suas crises de ciúmes, queria fugir, mas nunca conseguiu fazer isso.

A mãe de Didier viveu por anos uma vida que não queria viver, num espaço de onde não conseguia escapar: sua existência foi, em grande parte, uma *existência enclausurada*.

Ouvindo Didier, me perguntei: será que a mãe dele teria ido embora se não fosse faxineira? Se não fosse tão pobre? Será que a limitação econômica basta para explicar, para ela e para os outros, pelo menos em parte, a impossibilidade de se libertar?

Didier escreveu sobre a mãe no livro que dedicou à sua vida e à sua morte:

"Como ela conseguiu se convencer a não tentar mudar de vida? Ou melhor, como o tamanho dos problemas de todos os tipos que teria de enfrentar para conseguir viver sozinha ou a resignação diante do que lhe parecia ser seu triste destino acabaram convencendo-a a não tentar fugir dessa situação de qualquer maneira? Minha mãe, que na época era faxineira, tinha recuado diante das dificuldades que a aguardavam caso decidisse se mudar para outro lugar: como se virar sozinha, com dois filhos (nós tínhamos menos de dez anos)? Deixar tudo para trás, achar um apartamento, ganhar dinheiro suficiente todo mês para pagar o aluguel e prover nossas necessidades. 'Como eu teria feito?', ela me disse nessa conversa, tentando se convencer de que não devia se arrepender da decisão tomada naquela época, ainda que, claramente, não pudesse se impedir de sonhar com o que teria sido sua vida se tivesse seguido seus planos até o fim."

Ao ler essas linhas, me perguntei: em que medida o dinheiro teria permitido que a mãe de Didier se libertasse?

Existem, claro, outros fatores que tornam a fuga impossível ou impensável, o hábito, o medo de uma reação violenta, então, justamente, será que o dinheiro basta para dar segurança e permitir a superação desses fatores que paralisam e fazem desistir?

Será possível estabelecer alguma coisa como o preço da liberdade, um preço quantificável racionalmente, matematicamente?

Será que, uma vez fixado e tornado acessível esse preço a uma maioria, novas fugas surgiriam, se multiplicariam infinitamente?

Para dizer de forma mais clara e, portanto, mais violenta: quantas pessoas, quantas mulheres mudariam de vida se tivessem um cheque na mão?

*

E pensei: Essas questões não apareceriam se o dinheiro, se as desigualdades não existissem. Esses são os problemas mais gerais que deveriam ser enfrentados, que deveriam ser talvez abolidos. Mas primeiro eu tenho que salvar minha mãe.

E pensei na frase do filósofo Georg Simmel: "A assistência é baseada na estrutura social, seja ela qual for; está em contradição total com qualquer aspiração socialista ou comunista, que aboliria essa estrutura social".

E pensei: A categoria de assistência pressupõe crer na ideia de propriedade. Só podemos pensar que damos assistência a alguém se considerarmos que o que damos é nosso, só nosso.
Então eu não estava dando assistência à minha mãe, já que considerava que o que era meu era também dela, pois acho que existe um fluxo, uma continuidade em nosso destino.

E pensei: Para de pensar! É preciso agir primeiro e pensar depois.
Sem isso nunca haveria libertação.
Em lugar nenhum.

*

Oito anos antes de sua fuga. Estou no subsolo de uma livraria parisiense, em cima de um tablado, sentado diante de um público de desconhecidos que vieram me ouvir, estudantes, mulheres — eu não conhecia ninguém.

Falo sobre meu primeiro romance, aquele que provocou os insultos da minha irmã, aquele que fez com que ela — minha mãe — ficasse com raiva.

Evoco a rudeza de meus pais nos primeiros anos da minha vida, acho que digo: *Meu pai era violento com minha mãe e ela era violenta conosco, como se devesse descontar nos outros o peso do que sofria*, me parece que digo: *Sofrer não torna ninguém melhor, pelo contrário*, me lembro com certeza de falar sobre racismo, sobre homofobia e, de repente, uma silhueta fica em pé no meio do público: é ela, minha mãe.

Eu não tinha visto que ela estava ali. Ela ainda não morava em Paris, foi um ano antes de sua mudança, jamais poderia imaginar que ela pudesse estar ali. Respondi por mais de uma hora às perguntas de um jornalista, falei dela e ela ouviu tudo.

O jornalista se virou para a sala e disse: "Alguém tem alguma pergunta para o autor?", e foi nessa hora que ela se levantou.

Ela esperou pacientemente, e agora estava diante de mim, a dez, talvez quinze metros, me olhando com uma expressão de vingança e repreensão, a mão bem levantada, esticada, para mostrar que queria falar.

Minha cabeça começou a latejar, meu rosto queimava — *Como reagir?*

Eu me levantei, saí da sala e me refugiei numa área discreta no fundo da livraria. Não achei nada melhor a fazer do que correr dali para escapar da minha mãe.

Uma das organizadoras do encontro foi atrás de mim.

— Por que você saiu?

— É minha mãe. Ela está lá.

Ela ergueu uma das sobrancelhas: "Ah...". Em seguida: "Entendo, acho que entendi. Não se preocupe, já volto". Dois minutos depois, ela voltou e disse que minha mãe estava esperando em uma sala, que eu podia voltar e terminar a conversa com o público e depois decidir se iria vê-la ou não. Ela tinha concordado em me esperar, mas havia uma saída de emergência por onde eu poderia escapar se preferisse evitar o confronto.

Agradeci a essa mulher — nunca esqueci sua ternura, sua discrição —, voltei ao tablado, respondi as últimas perguntas do jornalista e do público, e depois me dirigi à sala onde minha mãe estava.

Eu tinha decidido falar com ela.

Quando entrei, ela me olhou com raiva.

— Por que você fez isso? Por que escreveu um livro pra dizer que a gente era violento?

— E não é verdade? O papai não dizia que todos os viados tinham que morrer?

— Ele dizia isso de brincadeira...

— De brincadeira? Vocês nunca imaginaram que isso poderia fazer mal para alguém?

Ela mudou de assunto:

— E por que você disse que a gente era pobre? Nunca faltou nada pra vocês.

— Mamãe, a gente era pobre.

— Eu nunca negligenciei os meus filhos.

— Não é a mesma coisa.

— Eu sempre protegi os meus filhos.

— Não é verdade.

Ela deu de ombros.

*

Ela enfim poderia se mudar em menos de uma semana. Precisava de móveis para a casa. Tinha notado, quando foi vê-la, que havia ali apenas metade da mobília, "semimobiliada", dizia o contrato que o tabelião me enviara por e-mail e no qual imitei a assinatura dela (*de novo a mesma cena; liguei para ela:*

— *O tabelião me mandou o contrato, você precisa assinar e devolver para ele.*

E ela:

— *Você pode fazer isso? Você sabe imitar a minha assinatura, passou pela escola escrevendo bilhetes falsos de faltas e matando aula. Você achou que eu não percebia, bobinho?*

Eu ri. Esses dias cheios de fuga também eram dias cheios de risadas, é preciso dizer).

Os móveis: enquanto eu falava com ela por telefone, pensava que logo sua fuga não seria mais apenas uma palavra, seria uma realidade possível de tocar com a ponta dos dedos, uma forma sólida que poderíamos sentir sob nossas falanges; se tornaria palpável.

Perguntei a ela:

— O que você acha que é preciso ter lá? Do que precisa? Podemos ver isso juntos.

Ela hesitou:

— Eu queria pegar os móveis de quarto e a mesa de cozinha na casa do Outro. Eram da minha mãe, não quero dar para ele. Ele vai brigar para ficar com eles depois de tantos anos no apartamento, mas eu não vou deixar.

Senti uma leve careta se formando no meu rosto:

— Tem certeza de que quer comprar essa briga? Talvez fosse melhor não entrar em conflito, ainda mais por causa de móveis.

— Não, são móveis da minha mãe, têm valor sentimental. Eu quero ficar com eles. Não vou deixar pra ele.

Tentei encontrar um argumento que a sensibilizasse, uma linguagem que a tocasse — tinha medo de que um conflito a pusesse em perigo, não sabíamos como esse homem reagiria quando a visse, ele às vezes deixava mensagens agressivas desde que ela tinha ido embora, ela tinha me contado, achei que, além disso, esvaziar o apartamento dele não seria a melhor estratégia para acalmá-lo; de um modo geral, eu tinha mais medo do que ela nessa época.

— A lembrança da sua mãe é mais importante do que os objetos dela, tenho certeza de que ela concordaria comigo. Ela lhe diria para que pensasse em você e não em pregos e tábuas de madeira.

Adotei um tom suplicante, insisti falando da mãe dela, no entanto, eu via, foi como quando quis convencê-la a ir embora sem os documentos e as receitas na noite da fuga, nada do que eu argumentasse a faria mudar de ideia.

— São móveis da minha mãe, se ele acha que vai ficar com eles, está sonhando. Pode deixar que eu cuido disso.

— Mas mamãe...

— Não se preocupe, eu sei o que estou fazendo.

Entendi que eu deveria desistir.

— Bom... Então do que você precisa para ficar bem na sua nova casa?

Ela fez uma lista: cadeiras, uma geladeira, um fogão com forno integrado, uma máquina de lavar roupa. E um aspirador. Com o que ela contava recuperar com o *Outro* — foi o apelido que deu ao homem com quem morou — e um sofá que minha irmã tinha lhe prometido, ela teria tudo para se instalar.

— Sua irmã também me disse que me compraria coisinhas para o dia a dia, panos de prato, talheres. Ela comprou até um vaso hoje à tarde e me mandou uma foto.

Tive uma ideia enquanto a ouvia:

— E se a gente comprasse agora as coisas de que você precisa? Por que esperar?

Ela ficou sem jeito:

— Não quero pedir demais...

Eu sorri:

— Você não está pedindo, sou eu que estou sugerindo.

Ela fechou os olhos como se estivesse pensando e depois disse baixinho: *Vamos lá.*

Entrei em um site e vi que alguns eletrodomésticos de que ela precisava podiam ser entregues dali a dois dias, talvez pudéssemos dar o endereço da minha irmã, ela poderia receber as primeiras entregas, guardá-las em sua casa ou na garagem, e no dia da mudança levar para minha mãe.

— Boa ideia. Vou ligar para sua irmã.

Ela desligou, falou com minha irmã, que disse que tudo bem, e me ligou de novo.

Mandei para ela as fotos dos eletrodomésticos, das cadeiras. Eu fazia capturas de tela e em seguida enviava à minha mãe, ela interrompia o vídeo, ia olhar as imagens que acabara de receber — na véspera eu tinha lhe mostrado como fazer isso — e me dizia *Sim, Não, Melhor esse aqui, É uma boa ideia, Não.* Eu validava, buscava mais produtos, colocava no carrinho o que lhe agradava, descartava o que ela não queria. As perguntas eram bem práticas e triviais, se minha mãe preferia gás ou eletricidade para cozinhar, se precisava de um congelador e, se sim, com quantos compartimentos, e evocar esses pequenos detalhes me emocionava, porque eram a manifestação mais concreta da sua liberdade prestes a chegar, porque a liberdade também está em detalhes como esses.

Minha mãe estava num estado particular de excitação, falava alto, fazia piadas: "Vamos pegar um fogão não muito grande, assim terei uma desculpa pra nunca mais cozinhar pros outros", "Se eles entregarem uma empregada junto com tudo isso, também vou aceitar!".

Evocava lembranças, o presente da fuga dava um novo sentido ao passado: "Preciso de um fogão que tenha uma chama boa, só assim vai dar pra fazer ragu de pobre. Lembra do ragu de pobre? Eu colocava batatas e tudo o que tinha na geladeira, todas as coisas velhas que tinham sobrado, e gritava: Hoje tem ragu de pobre!".

Continuamos nesse mesmo entusiasmo, comparando eletrodomésticos, lendo opiniões em sites especializados, verificando a diferença de preços entre as lojas, e depois de cerca de uma hora a compra estava fechada, validada.

Tudo seria entregue em dois dias, três no máximo.

Quando eu era pequeno, meu video game preferido consistia em construir a vida de uma pessoa imaginária. Cada partida começava do mesmo jeito: um homem ou uma mulher sob a forma de um minúsculo personagem era jogado em um terreno vazio coberto de grama, com um pouco de dinheiro, roupas e uma caixa de correio. A partir de então, o objetivo do jogo era fabricar uma vida para ele: encontrar um trabalho, construir uma casa com piso de azulejos ou de madeira, comprar móveis, plantas.

Juntos, naquele dia, diante de capturas de tela de geladeiras e máquinas de lavar, construímos uma vida para minha mãe.

Como num jogo de video game, uma realidade sem limitação. Como se tudo fosse possível.

*

Na sala da livraria onde eu tinha conversado com minha mãe, trocamos algumas frases e depois fomos embora, cada um para o seu lado. Mais tarde, fui pouco a pouco me reencontrando com ela, e sua raiva se apaziguou, mas nunca mais me esqueci do olhar que ela tinha quando se levantou no meio da plateia, de seu olhar, isto é, de sua raiva e sua tristeza.

*

— Tudo bem, enfim vou poder voltar de Atenas depois de amanhã.

Haviam se passado quarenta e oito horas da nossa compra de eletrodomésticos pela internet. Ela sorriu:

— Vou ver você e dar um abraço apertado!

Faltava ajustar algumas questões. Transferi para sua conta a quantia que havíamos combinado, nós dois, para que ela pudesse ter autonomia nos primeiros meses de sua nova vida; telefonei para o banco a fim de fazer um seguro contra roubo e incêndio para a casa dela; a gerente me perguntou qual o valor do mobiliário que haveria ali; perguntei à minha mãe, liguei de novo para o banco; telefonei para uma empresa de aluguel de caminhões para mudanças, minha mãe achou que precisava de um caminhão para ir buscar as coisas na casa do Outro, roupas, quadros, os móveis que ela achava que podia pegar de volta — e a cada nova etapa, novos problemas apareciam: que tipo de caminhão? De que tamanho? Um metro cúbico corresponde a quanto, a quantas caixas? Será que para dirigir caminhões é preciso ter uma carteira de habilitação especial? Eu nunca havia dirigido nem tentado tirar carteira de motorista, não fazia ideia de como essas coisas funcionavam. Liguei para minha irmã atrás de ajuda e de conselhos; também perguntei se ela podia ir buscar o caminhão com o marido, pois eu tinha visto que era possível alugá-lo num depósito perto da casa deles, e se depois ela poderia dirigir até Paris, pegar minha mãe e voltar para o Norte com ela; minha irmã concordou; precisei de uma cópia de sua carteira de motorista para entregar à empresa que alugava os veículos, como garantia; liguei para um amigo e pedi que se juntasse a nós no dia da mudança, para nos ajudar, minha irmã, seu marido e eu, a carregar as caixas; comprei à distância, por telefone, as tais caixas e sugeri que minha mãe fosse buscá-las na loja — de quantas precisaríamos, dez, vinte? E quantos rolos de fita adesiva? Será que precisaríamos de luvas para nos proteger dos cortes causados pelos papelões?

Por fim, imprimi um formulário de dissolução de união estável, a pedido da minha mãe, para que ela pudesse romper a união estável com o homem com quem tinha morado, e liguei para um tabelião em Paris para que ele nos explicasse o que aconteceria caso o homem com quem ela havia morado, e não vivido, mas morado, se recusasse a assinar o documento.

Só havia mais uma coisa a fazer: telefonar para ele, para o Outro, e avisá-lo de que estava acabado, de que ela ia buscar suas coisas e ia embora. Ela estava saindo do apartamento dele, o estava deixando.

Ela ainda não tinha lhe dito nada, ele não sabia que durante esses dias desaparecida ela havia arquitetado uma separação em segredo; ele achava que ela estava apenas dando um tempo, alguns dias, algumas semanas, mas que ia voltar. Ela ligou para ele e me telefonou uma hora depois.

Eu não tinha conseguido fazer nada esperando sua ligação, fui caminhar para não ficar pensando.

— Alô?

— Alô?

Estava feito. Ela me contou que o anúncio tinha sido um choque.

— Ele não acreditava, nem conseguiu ficar com raiva de tão transtornado que ficou. Ele chorou ao telefone.

A verdade é que ela não teve pena dele. Estava feliz por tê-lo abalado.

— Ele acreditou mesmo que ia poder fazer tudo o que queria comigo e que eu ia continuar submissa? Quem ele acha que eu sou?

Eu a cumprimentei:

— Estou impressionado com você, você é tão forte...

Ela ficou lisonjeada e eu fiquei feliz que se sentisse assim.

Ela tinha mais uma boa notícia: ele aceitou que ela fosse buscar a mesa, o armário e a cama de sua mãe, ao contrário do que ela tinha imaginado e, principalmente, do que eu tinha imaginado. Ele não ofereceu nenhuma resistência com relação ao assunto — nem, aliás, a nenhum outro, a surpresa da separação o nocauteara.

Deixei que ela terminasse e falei:

— Então podemos fazer a mudança daqui a quatro dias, eu estarei de volta e todo mundo vai estar disponível nesse dia, já verifiquei. É bom pra você?

Ela concordou:

— Sim.

— Você vai poder encaixotar as coisas lá no mesmo dia, enquanto carregamos os móveis para o caminhão. Vou ajudar você.

Ela me interrompeu:

— Não, eu vou antes. Vou na véspera pra deixar tudo bem organizado, não quero fazer besteira.

— Mas você não tem tanta coisa lá, não é? Algumas roupas, uns quadros? Em duas horas tudo vai estar feito, ainda mais se formos muitos.

Eu não gostava da ideia de ela ficar sozinha com o Outro, principalmente depois de ter anunciado a separação, mas ela estava segura de si, não havia perigo.

— Agora que eu já sei que vou embora, ele pode falar o que quiser, nada vai me afetar.

Ainda argumentei um pouco.

— Ele não vai tentar segurá-la? E se ele estiver bêbado?

— Eu vou saber me cuidar.

— E se ele tentar trancar você lá dentro? Não sei, tudo é possível.

— Eu sou mais forte do que ele.

Suspirei. Esperava que ela tivesse razão.

— A boa notícia é que você vai poder se instalar na casa na própria noite da mudança. Uma parte dos móveis que encomendamos já vai estar na casa da Clara, ela os levará para a sua assim que chegarem, e a outra parte será entregue na semana seguinte. O que significa que em quatro dias você terá sua casa. Toda sua. E poucos dias depois você terá tudo de que precisa.

Ela inspirou o ar pelas narinas, uma inspiração lenta e tranquila:

— Não vejo a hora.

*

Será que eu sentia necessidade de ajudá-la porque a havia machucado alguns anos antes e agora tentava tratar dessa ferida? Não acredito nisso, pois ela também tinha me machucado e eu não me arrependo de nada do que lhe disse na livraria onde ela apareceu de surpresa, uma vez que minha ferida e a dela estão ligadas, são gêmeas, sem separação, sem fronteira, não me arrependo de nada porque o que a machucou é o que expressa a minha ferida, não posso me arrepender porque sem essa Ferida comum, essa Ferida que não é nem dela nem minha, mas inteiramente de nós dois, nada do que aconteceu entre Paris e Atenas, à distância, por telefone e vídeo, teria sido possível.

O que sei é que fazer tudo para ajudá-la se impunha como um imperativo para mim, e que esse imperativo me levava *à beira das lágrimas*.

*

O livro de Virginia Woolf, *Um teto todo seu*, tem como ponto de partida uma série de conferências realizadas em 1928 pela autora sobre as mulheres e a literatura.

A força e a originalidade do livro de Woolf estão em ela se recusar, num primeiro momento, a abordar esses temas sob os ângulos mais comuns: as mulheres escritoras célebres, seus estilos, o papel das mulheres nas instituições literárias ou as revoluções formais que realizaram.

Woolf escreve: "Quando vocês me pediram para falar sobre mulheres e ficção, sentei-me às margens de um rio e ponderei sobre o significado dessas palavras. Elas poderiam significar simplesmente algumas menções a Fanny Burney; outras a Jane Austen; um tributo às irmãs Brontë e um esboço de Haworth Parsonage sob a neve; alguns chistes, se possível, sobre a srta. Mitford; uma alusão respeitosa a George Eliot; uma referência à sra. Gaskell e pronto".

Mas, em vez disso, Woolf propõe algo bem mais radical: ela elabora um programa prático através do qual as mulheres teriam a possibilidade de escrever livros, apesar das limitações que lhes são impostas por seu lugar na sociedade, as tarefas domésticas, o confinamento, a maternidade, o casamento. Woolf sobrepõe às questões formais uma questão material e afirma que, para escrever, uma mulher precisa, acima de tudo, de duas coisas:

— um cômodo só para ela, que possa ser trancado à chave para conseguir escrever com calma, sem ser incomodada por membros da família;

— uma renda de 500 libras, para poder viver sem se preocupar com dinheiro.

Virginia Woolf responde a uma questão literária com preocupações financeiras e materiais.

Um quarto, um espaço, paredes, chave, dinheiro: cem anos depois, é também do que minha mãe precisava; não para se tornar escritora, mas para se tornar uma mulher mais livre e mais feliz.

Woolf já havia entendido, cem anos antes, que a liberdade não é, em princípio, uma questão estética e simbólica, mas uma questão material e prática. Que a liberdade tem um preço.

*

Quando comecei a escrever este livro, meu projeto consistia em registrar, às margens do texto sobre a fuga da minha mãe, os valores em dinheiro necessários para ela se libertar. Eu queria provocar a literatura. Queria que este livro se assemelhasse, na forma e na aparência, a um documento tão banal quanto uma fatura, isto é, o contrário do que normalmente uma obra literária pretende ser: um ato nobre, puro e desinteressado.

Eu queria, como Virginia Woolf e suas 500 libras de renda, fixar uma quantia concreta que refletisse o custo de uma vida e de sua possibilidade.

Para concretizar essa ideia, eu tinha escrito às margens da narrativa: *Quantia antecipada por Didier: 200 euros; Geladeira: 500 euros; Fogão: 300 euros; Táxi para fugir: 15 euros; Caução da casa: 1100 euros; Transferência para os primeiros meses da Nova Vida: 2000 euros etc.*

Assim como tentei, em *Quem matou meu pai*, trazer para dentro da literatura o nome de homens e mulheres da política e as reformas sucessivas que afetaram o corpo do meu pai, tentei neste livro tratar do dinheiro em seu sentido mais estrito e explícito.

Até que parei. Estranho, mas esses números deixavam o livro feio e ilegível. Acima de tudo, davam a impressão esquisita de que eu estava culpando a minha mãe por essas quantias.

Eles atrapalhavam a leitura.

A literatura pode dizer tudo?

Se sim, então eu tinha fracassado.

Se não, então a literatura não basta.

*

Uma última observação: a história que conto não é um *elogio à fuga*. Já vejo você dizendo: Como a fuga é bela! Que mulher corajosa!

Mas você se engana.

Porque isso não é suficiente.

Ao ler esta história, você também deve se perguntar: Por que alguns fogem, enquanto outros não têm do que fugir?

Por que alguns precisam correr sempre, enquanto outros podem dormir?

Por que alguns precisam lutar sempre, enquanto outros podem desfrutar?

Você também deve se perguntar:

Quantas decepções para cada fuga?

Quantas vidas são sacrificadas para cada vida que é salva?

Pois a fuga é um fardo

Pois a fuga é um fardo

E só bem depois

talvez

ela produza Beleza.

*

Voltei para Paris. O avião pousou no fim da tarde e eu me apressei pelos corredores do aeroporto até a estação de trem. Acelerei o passo apesar do peso da mala na mão, eu suava.

Subi no trem e esperei a partida: no fim desse trajeto eu encontraria minha mãe, fisicamente, pela primeira vez depois de sua fuga.

Uma hora mais tarde eu estava em frente à porta do meu apartamento. Contei até três, *um, dois, três*, e toquei a campainha.

Minha mãe abriu. Ao vê-la cercada pelas estantes e pelos objetos com os quais convivo em casa, tentei esconder a emoção; redescobri-la assim, real, após dias observando-a pela tela do celular era incrível, meu cérebro não conseguia se adaptar a essa nova situação e recriava na imaginação a tela entre mim e ela. Toquei suas mãos para ter certeza de que ela não era uma visão ou um fantasma. Eu escutava minha respiração apressada nos ouvidos, por causa da corrida.

Perguntei a ela:

— Tudo bem?

E ela respondeu:

— Sim, sim, tudo bem.

Eu me lembrei que tinha sido essa a pergunta que lhe fiz logo depois de ela ter conseguido fugir. Me lembrei que no momento em que ela respondeu, a exaustão recobria totalmente sua voz, suas palavras, seus silêncios. Agora ela falava de um modo mais leve e determinado.

Pensei: *Ela passou para o outro lado.*

Comecei a chorar e ela riu de mim com carinho:

— Como sempre, eu rio e você chora!

Pus a mala no chão e, ao me levantar, vi que ela tinha se maquiado e se penteado para nosso reencontro; quando ela expulsou meu pai da casa em que cresci com eles, alguns anos antes, foi a primeira coisa que ela fez: se maquiar, eu sei que já disse isso, mas quero dizer outra vez.

No dia desse nosso reencontro em meu pequeno apartamento, sob o telhado, cercado pelo céu, eu lhe disse que ela estava bonita; ela sussurrou *obrigada*. Enrubesceu e, para disfarçar o embaraço, me mostrou o cãozinho que circulava à nossa volta:

— É o Pocket! Ele é tão lindo, o meu bebê, não é? Ele estava ansioso pra ver você, ele falou!

Me ajoelhei para acariciá-lo.

Minha mãe mostrou a mesa de centro atrás de nós: ela tinha ajeitado ali em cima dois copos, uma caixa de suco e biscoitos. Sentei na poltrona à sua frente:

— Está pronta para a mudança de amanhã?

— Sim, fui na casa do Outro hoje de manhã, as caixas estão prontas, tudo muito bem dobrado e arrumado. Levei mais ou menos três horas. Estou feliz.

— Como ele se comportou com você?

— Ele não reagiu. Parecia um zumbi olhando tudo o que eu fazia. Me perguntou até se eu precisava de ajuda pra fechar as caixas. Você precisava ver a vozinha dele de sofredor... Ele disse: Espera, deixa eu te ajudar, Monique.

Quis me assegurar uma última vez:

— Tem certeza de que não vai acontecer nada amanhã? Quer dizer, que ele não vai ficar com raiva ou tentar fazer você mudar de ideia no último instante? Talvez, vendo o caminhão, ele tenha uma crise e perca a cabeça.

Ela fez uma cara de quem tinha certeza, contraindo os lábios e os empurrando para a frente:

— Não, você vai ver. Quando ele não bebe, não fala nada. E quando tem gente desconhecida por perto, ele se faz de gentil, quer que gostem dele. Igual seu pai.

Eu também nunca tinha entendido esse mistério: por que, na minha infância, meu pai era tão educado e solícito com estranhos que iam a nossa casa, sempre pronto a ajudá-los, sempre sorrindo, sempre disposto a sacrificar seu tempo e seus prazeres por eles, e se tornava mal-humorado e violento quando estava sozinho com a família, atacando de repente minha mãe ou os pais dela, porque sabia que era ligada a eles e que ficaria magoada com esses ataques, ele dizia que os pais dela eram

judeus imundos,

judeuzinhos de merda,

embora eles nem fossem judeus, simplesmente porque no mundo e em sua cabeça o antissemitismo era uma maneira de expressar nojo e ódio.

Minha mãe continuou:

— De qualquer jeito, mesmo que o Outro tente falar alguma coisa pra mim amanhã, eu vou me defender. Já falei, não deixo mais ninguém me enganar. Além disso, os meus filhos estão aqui pra me proteger.

*

O dia da mudança chegou. Acordei no quarto do hotel em que havia passado a noite para deixar meu apartamento para minha mãe uma última vez antes de ela ir embora. Assim que abri os olhos, liguei para minha irmã e seu marido, para saber se eles tinham conseguido pegar o caminhão, se tudo tinha corrido bem. Estava feito, eles haviam saído de casa bem cedo, o sol ainda nem tinha nascido. Na verdade, minha irmã contou que já estavam em Paris fazia um tempinho, e tinham começado a desmontar os móveis e a carregar as caixas. Minha mãe estava com eles e, num tom brincalhão, se aproximou do telefone e me disse:

— Pode acordar com calma, toma seu café tranquilo e venha nos encontrar mais tarde, a gente não quis falar pra você que íamos começar tão cedo porque não queria que você colocasse o despertador, queria que você descansasse. Sei o quanto você odeia acordar cedo!

Eu me revoltei, sem muita convicção:

— Mas eu poderia ter acordado cedo uma vez na vida...

— Não se preocupe, fizemos isso pelo seu bem! Vai, até já!

Eu me arrumei, tomei alguns cafés no quarto do hotel e peguei o metrô para encontrá-los.

Lá fora fazia um tempo esplêndido, morno, o sol aquecia a minha pele. Cheguei na frente do prédio. O caminhão estava parado em cima da calçada, com as portas abertas, cheio de adesivos coloridos.

Abracei minha mãe. Minha irmã e o marido estavam lá, ele coberto de suor pelo esforço que fazia. O amigo para quem eu havia pedido ajuda também já tinha chegado, estava descendo a escada carregando tábuas.

Então, sem pensar, sem ter procurado, virei a cabeça e vi, num canto, entre duas paredes, observando a cena de longe, o homem com quem minha mãe tinha morado.

O Outro.

Aquele que a maltratara durante todos aqueles anos.

E quando o vi, e é aqui aonde eu queria chegar, quando o vi, aconteceu algo extraordinário e desconcertante, uma coisa que eu não poderia prever; quando meus olhos se fixaram nele, não senti nem raiva nem ódio, como eu esperava, não senti ira, não senti nada disso, apenas um profundo assombro, e desse assombro nasceu a pergunta: como um serzinho tão patético e insignificante, com um corpo minúsculo e cabeça de rato, como um ser tão destituído de vitalidade e estatura pôde ser a fonte de tamanha violência? O que havia acontecido?

Eu não conseguia desviar os olhos dele.

Fiz um aceno com a cabeça para ele, de longe, não me aproximei, mas, observando-o, de repente comecei a pensar que aquele homem não era o culpado ou o responsável pelo que fizera, mas que tinha sido o corpo condutor de uma violência para além dele, e que não é simples de explicar, a de sua educação, a de sua classe social, a da vida de casal, a da dominação masculina, comecei a pensar que talvez aquele homem fosse o produto de uma ou quem sabe muitas situações misturadas que ele não controlava, exatamente como minha mãe tinha, também, sido violenta quando vivia com meu pai e era sua prisioneira, exatamente como eu havia respondido a ela com violência, comecei a pensar, olhando aquele homem de aparência frágil e patética, contra todas as minhas expectativas ou previsões, que talvez ele fosse inocente, inocente não no sentido de me inspirar simpatia ou afeição, longe disso, mas inocente no sentido conceitual, puro, no sentido de que nada nele transmitia a capacidade de *fazer*, *de empreender*; ele tinha apenas a aparência de um indivíduo que acompanha e reproduz o mundo que o cerca, não a de um indivíduo que cria ou engendra o que quer que seja, e pensei que talvez o que a inocência daquele homem, que eu detestava e desprezava, me ensinava era a inocência de todos, a inocência como uma condição generalizada.

O que aquele homem me dizia sobre a condição humana? Olhando para ele, achei que, uma vez sozinho, ele não poderia mais ser violento.

Eu o vi infeliz.

Eu o vi um pobre homem.

Experimentei uma espécie de pena dele, mas mesmo assim não cheguei perto.

Eu me virei para minha mãe.

— Você está feliz?

— Muito feliz!

Ajudei-a a levar duas ou três sacolas pequenas, o resto já havia sido empilhado dentro do caminhão de manhã, não havia quase mais nada a fazer. Sugeri pedir almoço para todo mundo. O marido da minha irmã respondeu que eles não tinham tempo, precisavam voltar para o Norte rapidamente, ele trabalhava na obra de construção de uma estrada e entraria cedo no dia seguinte; tinha apenas vinte e cinco anos, mas eu já via seu corpo esgotado pelo trabalho.

Minha irmã se aproximou de mim:

— Tudo certo, a mamãe vai se divertir lá na minha cidade. Tem bastante coisa pra fazer, passeios, oficinas da prefeitura. Ela não vai ficar entediada.

Concordei:

— Sim, ela está feliz de ir pra lá.

Um silêncio incômodo caiu sobre nós.

— Lembra quando nós dois aprendemos espanhol na escola e falávamos mal da mamãe na frente dela sem ela entender?

Eu lembrava.

— A gente se divertia. Mas acho que ela desconfiava do que estávamos falando.

Minha irmã deixou o silêncio pairar por mais alguns segundos.

Eu procurava uma frase para dizer, mas não encontrava.

— Você vai nos visitar no Norte agora que estamos todos lá? Se quiser, tenho um quarto sobrando, você pode ficar na nossa casa. Você é bem-vindo.

Eu disse que sim, que iria, mesmo sabendo que não faria isso. Minha irmã olhou em volta:

— Bom, acho que agora precisamos ir. Mamãe, você está pronta?

Minha mãe ergueu os polegares para o alto e sorriu. Eu me despedi dela e eles entraram no caminhão, ela, minha irmã e seu marido. O motor fez uma série de barulhos irregulares antes de se estabilizar, o caminhão se distanciou e desapareceu entre outros veículos, cada vez mais longe; eu o observei. Uma fonte à minha direita encobria os sons da cidade.

*

Ela se mudou. Os móveis e eletrodomésticos que faltavam foram entregues a tempo, em boas condições. Minha mãe tinha cinquenta e cinco anos, estava morando sozinha pela primeira vez na vida, sem filhos, sem homem, sem outras pessoas sob sua responsabilidade ou para cuidar todos os dias, e isso eu também vou repetir: *Minha mãe tinha cinquenta e cinco anos, estava morando sozinha pela primeira vez na vida, sem filhos, sem homem, sem outras pessoas sob sua responsabilidade ou para cuidar todos os dias.* Continuei telefonando para ela diariamente, até ela se acostumar àquele novo contexto, como uma transição. Mas mesmo quando nossos telefonemas se espaçaram, continuamos nos falando várias vezes por semana, o que nunca tinha acontecido antes. Ela se libertar nos aproximou.

Ela me disse: Estou tão feliz! Eu acordo na hora que quero, faço o que quero, não tem ninguém para me dizer o que fazer!

Respondi que achava muito injusto ela ter esperado todo esse tempo para viver essa experiência, mas ela me corrigiu:

— É justamente porque sofri que estou ainda mais feliz agora! Não ligo pro passado! Não tenho paciência com quem fica choramingando por causa do passado!

E eu disse: Tem razão, tem razão.

E pensei: Ela é mais forte do que eu.

Ela me mandava fotos e vídeos dela e de seu cachorro na sala, no silêncio e na tranquilidade da tarde, as janelas abertas, o campo ao longe. Ela comentava: Estamos bem! Compartilhava comigo suas selfies na frente do espelho em que experimentava roupas, me falava dos homens que tinha visto na rua e achado bonitos, me pedia dinheiro para comprar rendas, lingeries, ela continuava renascendo, como uma pessoa que recobra os sentidos depois de um acidente e redescobre funções que seu corpo pensava ter esquecido.

(Na verdade, quando ela me mostrou a casa mais detalhadamente, com a câmera do celular, eu me decepcionei, achei-a pequena e estragada, falei disso com Didier e ele comentou: Mas se ela escolheu e diz que está feliz, isso é o que conta, não é? Ele tinha razão, eu precisava ficar atento para não pressionar minha mãe ao tentar ajudá-la, a fronteira entre essas duas coisas pode ser tênue.)

Dois meses depois da mudança, ela voltou a Paris para passar alguns dias. Emprestei-lhe meu apartamento e ela exclamou:

— Ah, agora eu tenho uma casa em Paris e uma casa no campo, como uma mulher rica!

Comprei champanhe para sua visita. Abri a garrafa, nós bebemos e por duas horas ela falou da casa. Ela cantarolava, imitava pessoas da cidadezinha que acabara de conhecer; vendo-a tão feliz, comecei a pensar em sua vida de antes e de agora.

Quando ela vivia com meu pai e, sem motivo, ele deixava o som da televisão no máximo e exigia que a gente ficasse quieto, sob pena de um ataque de fúria dele.

Minha mãe me dizia, o olhar cansado, *Ele realmente não está bem agindo assim, alguma coisa está errada na cabeça dele, ele fica parecendo um psicopata de filme.*

Quando ele repetiu a mesma cena no Natal e durante toda a noite colocou um programa de tevê qualquer nos impedindo de conversar, de dançar.

No dia seguinte ela me disse, chateada: Ele simplesmente sentiu prazer em estragar o nosso Natal. Dava pra ver nos olhos dele.

Quando ele ia para o bar e ela tinha que esperá-lo para jantar, mesmo que estivesse com fome. Ele era o dono do tempo: ele decidia, ela esperava.

Quando ela me dizia: Não sei por que seu pai ainda está com um humor péssimo hoje.

Quando ele convidava os amigos para beber *pastis* à noite com ele e ela não aguentava mais, porque queria calma, e quanto mais meu pai e seus amigos bebiam, mais eles comentavam, falando muito alto, sobre o corpo das mulheres na televisão, Olha os peitos daquela ali, você viu a bunda dela?

Quando ela me dizia: Eu gostava tanto quando seu pai trabalhava, pelo menos eu tinha alguma paz, ele não ficava o dia todo aqui.

Quando ela sufocava.

Quando na primeira vez em que saímos de férias sem ele, ela me disse: Você viu como eu fico mais gentil sem seu pai? É porque ele me estressa tanto que fico tão cruel quanto ele.

Quando ela sufocava.

E depois essas cenas com o homem na casa de quem ela morou em Paris, cenas que eu não vivi, mas que ela mais tarde me contou:
Quando ele bebia.
Quando ele a insultava.
Quando ele insultava meus irmãos e irmãs,
quando ele me insultava.
A voz da minha mãe: *Podem fazer o que quiser comigo, mas isso não, mexer com os meus filhos, não.*
Quando ela sofria, mas escondia isso.
Quando ela tinha medo de comer porque sabia que ele ia recriminá-la.
Quando ela sofria, mas escondia isso.

Agora tinha acabado.

Ela estava sozinha.

Ela estava livre.

II

Três anos se passaram depois de sua fuga pela cidade, talvez dois. O tempo se acelerou, voou, o fato é que ainda não tive a oportunidade de ir visitá-la na cidadezinha, não conheci sua casa pessoalmente, mas minha mãe continua lá, continua vindo a Paris, vem quase todo mês, e em todas as visitas não se cansa de falar de seu encantamento, de seu maravilhamento.

Ela até encontra o Outro, não quer dormir na casa dele quando ele convida, não quer passar mais de uma hora em sua companhia, mas aceita beber alguma coisa vez ou outra, quando ele insiste, ela diz que ele não tem mais nenhum poder sobre ela, ela diz, como eu entendi no dia da mudança, que a violência nunca é produzida por uma pessoa, mas por uma situação, então ela se mantém distante — uma única noite ela cometeu o erro de aceitar passar o fim de semana no apartamento em que morou com ele. Então a mesma cena se repete: ele bebe, bebe, e a insulta, diz que a detesta, que ela é uma puta, uma porca. Ela me mandou uma mensagem perguntando se podia ir imediatamente para o apartamento do meu amigo Giovanni, ela tem a chave, ele quase sempre está viajando e é no apartamento dele que ela fica quando vem me ver ou quando vem apenas aproveitar os ares da cidade.

Depois disso ela nunca mais foi dormir na casa do Outro. Nunca mais. Mas continua falando com ele, ela diz:

— Não adianta nada ficar com raiva das pessoas, é perda de tempo.

*

Na maior parte das vezes eu a encontro no terraço de um café em Saint-Germain-des-Prés ou na minha casa, na sala que foi dela durante os dez dias de sua metamorfose e de sua fuga.

Ela é uma mulher que sorri.

Claro que o vínculo entre nós dois não é mais tão forte como foi enquanto ela estava sofrendo, nada une mais do que um sofrimento compartilhado, mas as circunstâncias pelas quais passamos abriram uma brecha no presente: desde então uma ternura contínua que nada parece capaz de destruir é a base de nossos encontros e de nossas trocas.

Saio em busca de sua adolescência e juventude, faço perguntas que seriam inimagináveis anos atrás, me transformei no arqueólogo da minha mãe:

— Quero saber tudo. Podemos começar por qualquer parte. Me conta o que você fazia num dia como hoje, por exemplo, quando tinha dezesseis anos.

— Num dia como hoje? Eu com certeza estaria me arrumando pra ir ao baile. Eu adorava, era a época em que a gente ia aos bailes pra conhecer meninos.

— E você conhecia muitos?

— Eu também brigava com eles quando me irritavam. Eu era um moleque, não podiam mexer comigo.

Eu rio.

Ela é uma mulher que me faz rir.

*

Ela não é mais minha mãe. Talvez por isso o vínculo entre nós tenha se tornado possível. Só me canso dela quando ela vem a Paris com meu irmão mais novo: a presença dele a obriga a desempenhar o papel esperado de mãe, ela fala do peso que um primo meu tinha quando nasceu, um primo que eu nem conheço, briga com meu irmão como eu brigava com ela nos meus primeiros anos de vida.

De agora em diante, eu me organizo para só encontrá-la sozinha: ela se torna outra coisa, não uma mãe, é uma amiga, uma mulher que fala de seus próprios desejos, de suas vontades, de seus sonhos.

Eu também me esforço para ser outra coisa e não um filho, para ser mais, para ser melhor.

Um amigo me disse: é preciso tornar a relação com a mãe mais amigável.

*

Então uma tarde recebo uma ligação no celular.

É um diretor de teatro alemão famoso. Ele me diz que, veja só,

ele queria criar um espetáculo com base em um livro que eu tinha escrito e publicado sobre ela, minha mãe, um ano antes, o livro se chama *Lutas e metamorfoses de uma mulher*, nesse livro eu conto como ela fugiu do meu pai depois de mais de vinte anos com ele, vinte anos sufocantes, no livro tentei traçar sua primeira fuga, antes de sua chegada à casa do *Outro* em Paris, o diretor me diz que desejaria apresentar a peça num dos maiores teatros da Alemanha, em Hamburgo, uma sala imensa, parecida com uma catedral, na qual mil e duzentas pessoas sentam-se no escuro diante do palco. Ele me conta que já tem várias ideias, imagina algo grandioso, extravagante, um grupo de musicistas alemãs feministas dos anos 1980, o grupo não existe mais, porém elas aceitariam se reunir novamente para o espetáculo e compor canções inéditas, ele diz que imagina Eva Mattes, uma célebre atriz de Rainer Werner Fassbinder, para encarnar minha mãe, outra atriz se transformaria em borboleta e voaria quinze metros acima da plateia para simbolizar as lutas e as vitórias de uma mulher que parecia condenada a não escapar, ele explica que não quer tender para o realismo, mas, ao contrário, para a fantasia, uma fantasia à altura dos sonhos e das reinvenções dessa mulher do livro que o emocionou, e enquanto o ouço descrever seu projeto um pensamento me ocorre: vou levar minha mãe comigo.

De repente, me veio a ideia de que eu poderia levá-la, e que essa viagem poderia representar, na história da minha mãe, o capítulo de uma nova odisseia da Vingança: para ela que passou grande parte da vida na sombra, em cidades minúsculas do Norte e depois num sinistro apartamento de zelador em Paris, mantida em casa pelos homens, escondida, invisibilizada, silenciada por todas as formas de Poder, ela que durante a minha infância repetia *Pra gente pequena como nós ninguém dá a mínima*, ela mulher, pobre, mãe de cinco filhos com pouco mais de trinta anos, sem diplomas, sem carreira, ela poderia ver sua vida representada no palco de um teatro diante de uma multidão de desconhecidos, sua vida encarnada por grandes atrizes do teatro alemão, iluminada, musicada, alçada como modelo.

Agradeço ao diretor. Digo a ele que sim, que aceito sua proposta, claro. Ele acrescenta que, se eu quiser, o teatro reservará ingressos para minha mãe e para mim.

Digo obrigado, obrigado, e desligo.

Espero a próxima temporada de minha mãe em Paris. Minha ansiedade faz o tempo passar mais devagar, quando quero que ele corra, ele para, quando quero que ele pare, ele se apressa, eu conto os dias, falo do meu projeto aos meus amigos, a Didier, Geoffroy, Tash, Giovanni, quero estar seguro de fazer as coisas direito, de não cometer erros, e numa tarde, finalmente, ela está aqui, de volta, na minha frente, no terraço do mesmo café em Saint-Germain-des-Prés onde costumamos nos encontrar.

Eu digo a ela:

— Tenho uma surpresa pra você.

— Ah é?

— Sim, mas só se você quiser. Você é que vai decidir.

— Me conta.

— Há alguns dias recebi o telefonema de um diretor de teatro da Alemanha. Ele gostaria de fazer uma peça sobre a sua vida. Você gostaria de ir comigo? Estaria interessada?

Ela dá um pulo:

— Mas como eu vou fazer? Você viu meu cabelo, como a tintura está feia? Não quero que me vejam de cabelo branco!

Rio:

— Vai ser daqui a muitos meses, teremos tempo de cuidar disso... Então, você quer?

Ela me olha como se eu fosse um louco fazendo uma pergunta sem sentido:

— Sim. Claro que eu quero.

*

O dia da apresentação e da nossa viagem se aproxima. Ela fala muito disso e durante as nossas conversas começo a ter plena consciência de todas as dimensões contidas nessa ida para a Alemanha: minha mãe nunca atravessou uma fronteira na vida, nunca viu outro país além do seu, fora uma tarde com a escola, num barco perto da costa inglesa, a apenas alguns quilômetros da cidade portuária do norte da França onde cresceu, ela nunca andou numa rua em que tenha ouvido falar uma língua diferente da sua, ela nunca esteve em contato com outra cultura, com outra civilização, ela tem cinquenta e sete anos e nunca pegou um avião na vida, nunca, nunca viu o céu de dentro e nunca viu a terra ali do céu, ela nunca dormiu num hotel, nunca foi ao teatro, a não ser para ver algumas peças escolares quando tinha entre dez e doze anos, ela nunca viu um palco de verdade com uma encenação de verdade e, claro, nunca viu uma peça em que ela será o centro das atenções, nunca foi convidada para viajar por uma instituição como costumam ser os artistas, os homens ou as mulheres da política.

Tudo isso que nos preparávamos para fazer juntos seria para ela uma sucessão de Primeiras Vezes.

Uma guerra contra um exército de Nuncas.

*

Ela me encontrou na porta do meu prédio por volta do meio--dia. Estava perfumada, seu cabelo loiro, resplandecente. Na semana anterior tinha passado uma tarde num cabeleireiro do 14º Arrondissement.

Ela me ligou ao sair de lá:

— É bem diferente das tinturas de mercado!

Nesse dia da Viagem ela colocou a pequena mala na calçada e girou em torno de si mesma.

— E então?

— Você está perfeita.

— Eu sou a rainha de Paris, não esqueça, foi o que você me disse um dia.

Dei um beijo em seu rosto, peguei sua mala e andamos até a estação de trem mais próxima. No caminho perguntei a ela:

— Você dormiu bem?

— Não muito, eu estava ansiosa com a viagem.

— Você está com sua carteira de identidade?

— Sim, veja.

Ela havia preparado uma pasta na qual tinha escrito *Viagem para Hamburgo*, com seu documento de identidade, cartão de seguro social, certidão de nascimento, a passagem de avião impressa, uma carta que tinha escrito para a equipe da peça, um exagero de documentos.

(Pelo aspecto da carta, vi que ela devia ter passado dias inteiros pensando nela e a redigindo, para que não tivesse nenhuma rasura e para que sua caligrafia fosse a mais perfeita possível. Vi, pelas palavras que empregou, que ela tinha ponderado, procurado, comparado expressões, para tentar escrever num francês apurado. Ela perguntou:
— Você pode ler a carta no avião e me dizer se está boa?
Me lembrei de como, quando eu estava no colégio, ela me encarregava de escrever as cartas administrativas em seu lugar, com o sentimento de que, sendo o primeiro na família a cumprir um ciclo de estudos, eu era quem dominava a linguagem e, portanto, quem saberia utilizá-la para convencer um funcionário a nos conceder uma bolsa ou para obtermos qualquer outro auxílio. Me lembrei de sua respiração atrás do meu ombro enquanto eu escrevia, concentrado; a situação agora se invertia.)

No aeroporto, tudo era novo para ela: passar pelos controles de segurança, colocar os pertences nas caixas plásticas para serem escaneados, tirar os produtos líquidos. Eu tinha dito para ela levar somente embalagens pequenas, mas havia um hidratante em spray enorme para o rosto, uma sombra brilhante líquida, um condicionador.

Eu disse que ela ia ter que jogá-los no lixo.

Ela olhou na direção dos agentes, segura de si:

— Vou explicar a eles que são só produtos de beleza.

Respondi que não adiantaria e ela me olhou com uma expressão surpresa:

— Mas o que há de errado em levar brilho?

*

O avião decolou. No check-in, eu havia reservado um assento perto da janela, para que ela aproveitasse a vista: ela se sentou, colou o rosto no vidro redondo e não se mexeu durante todo o voo. Estava hipnotizada pela imensidão à sua frente, pela luz.

Ela se virou para mim algumas vezes para dizer, num tom mais jovial que o de costume:

— É lindo!

Ela pegava o celular e filmava o desfile de nuvens e o azul do céu que nos envolviam.

— Vou mostrar pro Arthurzinho, o filho da sua irmã, ele não vai acreditar!

Em Hamburgo ela também se maravilhava com tudo, queria captar os mais ínfimos detalhes do que observava: Você viu que os carros de polícia não são iguais aos da França! Já as casas são bem parecidas! Os telhados são iguais! Tem toalhas de banho no quarto do hotel! Eu trouxe as minhas à toa! Tem até xampu de graça!

Prometi a ela que faríamos outras viagens a dois.

Ela acrescentou:

— Quando eu era pequena, meu maior sonho era fazer uma volta ao mundo.

*

Às oito da noite ela me esperava no saguão do hotel para irmos ao teatro.

Eu a vi de longe, tinha os punhos cerrados e as pernas inquietas.

— Estou um pouco ansiosa.

— Não se preocupe, vai dar tudo certo. Todo mundo quer conhecer você.

Caminhamos até o teatro, que ficava bem perto. Ela apertou meu braço no dela. Senti o cheiro de seu perfume. Sua pele brilhava. O diretor nos recebeu.

— Mamãe, este é o Falk Richter. Foi ele quem dirigiu a peça.

Ele estendeu a mão para ela e disse em francês, com um leve sotaque alemão:

— Muito prazer, senhora. Estou muito feliz que esteja aqui esta noite. Admiro demais seu percurso, a senhora é uma mulher corajosa.

Eu havia contado a ele que foi isso que Didier dissera à minha mãe no dia em que ela se libertou, e que ela havia amado esse comentário. Ele repetiu isso para agradá-la. Ele se lembrou. Fiquei emocionado com esse gesto, com essa atenção tão delicada.

Ela balançou a cabeça:

— Ah, sim. Sempre disse a meus filhos que o mais importante é a coragem.

Ela estava atenta a seu jeito de falar, tentava controlar o sotaque nortista, eu percebia. Fiquei com vontade de lhe dizer que ela tinha o direito de ser ela mesma, que não devia tentar ser outra pessoa, mas, afinal, será que eu não fazia a mesma coisa em outros níveis? Eu também modificava minha atitude diante de desconhecidos, diante do público que se comprimia naquela noite na porta do teatro, diante dos arrumadores, diante dos livreiros que vendiam meus livros. Quem não muda seu jeito de ser diante dos outros?

Talvez ela não sofresse com isso nem sentisse vergonha, e sim prazer de representar alguém diferente e, por alguns instantes, se tornar outra pessoa.

O diretor perguntou a ela:

— A senhora aceitaria estar no palco conosco, mais tarde, nos cumprimentos?

Eu tinha lhe avisado, ela estava pronta.

— Sim, sim... se você quiser.

Ele disse baixinho:

— Eu adoraria.

Então, com um sorriso:

— Depois da peça nós vamos fazer as apresentações por ordem de importância. Primeiro eu, o menos importante, o diretor. Em seguida seu filho, o escritor. E por último a senhora, a mais importante.

Quando ele disse essa frase, ela arregalou os olhos e respondeu com uma expressão profundamente surpresa:

— Ah é? Eu sou importante?

Essa frase ela não conseguiu controlar, saiu dela, pura, verdadeira, absoluta.

— Claro que é! Veja todas as pessoas que vieram ouvir sua história.

Ela ficou desconcertada. Eu a abracei.

O diretor pediu licença, ele tinha que ir, precisava falar com o elenco antes da peça, nos encontraria mais tarde.

Eu me virei para ela:

— Tudo bem?

Ela fez um gesto de que sim. Não conseguia mais falar. E, dentro de mim, eu repetia a surpresa dela de novo e de novo:

Ah, é? Eu sou importante?

*

Nos sentamos nas poltronas de veludo roxo sob um lustre imenso, cercados de douraduras e de sussurros dos espectadores — sussurros específicos, os do privilégio daqueles a quem a arte se dirige, abafados, calmos, existe uma diferença de classe até no sussurrar.

A luz se apagou e a peça começou. Os atores não falavam francês, e sim alemão, eu soprava no ouvido da minha mãe para que ela pudesse acompanhar, para que entendesse a que momento de sua vida cada cena fazia alusão.

Eu disse a ela, a peça tinha sido tirada do livro que escrevi sobre sua separação do meu pai, a fuga antes da outra fuga da casa do homem com quem ela tinha morado em Paris, e no palco víamos se encadearem sequências de sua vida entre seus vinte e cinco e quarenta e cinco anos, como ela tinha conhecido meu pai, como, para conquistá-la, ele a tinha feito acreditar que ele seria diferente dos outros homens que ela havia conhecido, antes de se comportar exatamente como eles, insultando-a, maltratando-a. Eu temia que se confrontar com essas cenas de violência a magoasse, e lhe disse baixinho, para dar a ela a possibilidade de negar o que estava vendo:

— Não se esqueça de que é uma peça de teatro, é claramente exagerado...

Ela buscou meu olhar no escuro:

— Não é nada exagerado, é exatamente assim!

Ela ria.

Nada mais seria capaz de machucá-la.

Quando vimos no palco a atriz que a representava, depois de uma série de brigas com o homem que interpretava meu pai, encher sacos de lixo com as coisas do marido e jogá-los na rua pela janela, ordenando-lhe que não voltasse nunca mais, como minha mãe havia feito de verdade alguns anos antes, ela, minha mãe, virou-se para mim e estendeu os braços na direção da atriz: *Yes Yes Yes!*, como se tivesse medo de que ela não conseguisse escapar, como se, ao ver seu passado representado, esse passado se tornasse presente, ou seja, vulnerável às contingências e aos acidentes, como se o presente da peça pudesse modificar sua história.

Eu queria que essa peça sobre minha mãe não acabasse nunca, que ela pudesse se contemplar pela eternidade e que eu pudesse contemplá-la se contemplando, que ela sentisse meu olhar nela e o dos outros alternando entre seu corpo e sua história, num infinito jogo de espelhos.

A cortina se fechou e o público em volta aplaudiu.

Nesse momento senti a excitação e a apreensão surgirem sob a forma de espasmos no corpo da minha mãe, sentada a centímetros de mim. Seus olhos brilhavam. Ela sabia que em poucos segundos ela é quem seria observada por milhares de olhos.

E eu pensava: *Aqui estamos nós.*

Eu vinha fantasiando essa cena fazia meses; Freud define em algum momento a fantasia como um sonho acordado, um sonho diurno.

E os aplausos eram tão fortes, eu juro, eram tão fortes enquanto os atores e as atrizes voltavam para agradecer, que faziam vibrar o chão sob nossos pés.

Eu pensei: *Mais uma vingança pra ela.*

Se a liberdade dela não se transforma em vingança, então não é liberdade, é nisso que acredito.

Um dos atores principais da peça, o que fazia o papel do narrador, pegou o microfone que um técnico lhe passou e pediu silêncio.

Meu coração se embalava: *Logo é a vez dela. Logo é ela.*

O ator chamou Falk primeiro, como combinado, para que fosse agradecer ao público com ele.

Falk subiu ao palco.

Aplausos.

Logo é a vez dela. Logo é ela.

O ator me chamou. Ao me levantar, cochichei para minha mãe *Até já*, e me juntei aos outros no palco.

Então, enquanto os aplausos continuavam, o ator-narrador restabeleceu o silêncio e anunciou: *Nós temos outra surpresa pra vocês nesta noite. Alguém especial veio assistir à apresentação... Senhoras e senhores, uma salva de palmas pra mãe do autor, a Monique.*

Todos na sala se levantaram. Num movimento único, como um só corpo. Eles aplaudiram mais intensamente, mais alto, mil e duzentas pessoas gritando entusiasmadas, urrando, assobiando para homenageá-la.

Minha mãe sorria, eu a via de longe, o nervosismo deixava seus movimentos menos fluidos e mais desajeitados, mas ela estava feliz, isso eu posso jurar, ela estava feliz.

Ela se aproximou do palco, o ator a ajudou a subir, ela agradeceu, recuperou o fôlego e por fim se virou para a plateia que gritava seu nome.

Ela se aproximou.

86

Não muito, ela não ousava, por timidez, por desconhecimento das convenções do teatro.

Eu empurrei levemente suas costas para que ela chegasse um pouco mais perto da beirada do palco.

Os gritos de alegria na plateia redobraram.

Os aplausos se prolongavam, perduravam, e eu pensei: *Talvez eles não parem nunca mais.*

Eu via a nuca da minha mãe alguns metros à minha frente, seu cabelo tingido e arrumado para a ocasião, seu corpo cada vez mais livre, o punho que ela havia levantado para o alto, e eu repeti para mim mesmo: *Ela venceu.*

Ela venceu.

III

Duas semanas após voltar da Alemanha, ela pegou o trem no norte da França para vir passar uma tarde comigo em Paris.

Eu queria que ela me contasse, com o passar dos dias, o que havia sentido, como tinha vivido aquela apresentação por dentro, e tudo o que havia acontecido depois, na mesma noite: desconhecidos aglomerados à sua frente na saída para falar com ela e pedir seu autógrafo nos livros e nos programas da peça, outros perguntando se podiam tirar uma foto com ela, a festa organizada pelo teatro, durante a qual as musicistas comentaram as canções que haviam composto nos ensaios, inspiradas nela, em sua história e em suas lutas, baseando-se em sua vida e em suas experiências — uma das músicas, a sua preferida, se chamava "A rainha de Paris".

(*Mais uma historinha: achei que ela ia se entediar nessa festa, já que ninguém, ou quase ninguém, falava francês, que seria preciso traduzir cada frase que ela ouvia. Eu havia reservado uma mesa para nós dois num restaurante, achando que iríamos para lá mais tarde; imaginei que a certa altura escaparíamos da festa, para que ela ficasse mais à vontade, mas ela não quis sair de lá. Perguntei a ela:*

— Você quer ficar? Não se incomoda que eles estejam falando em alemão e em inglês?

Ela me respondeu:

— Ah, sim, eu quero ficar, estou bem aqui!

E nós saímos de lá às três da manhã, os ouvidos zumbindo, famintos, e caminhamos pela noite gelada até o McDonald's mais próximo, o da estação de Hamburgo, o único lugar onde ainda era possível comer de madrugada, e comemos em silêncio, esgotados, em meio ao cheiro de fritura, iluminados pelos neons, exaustos, mas saciados de lembranças e de imagens, preenchidos.)

Quinze dias mais tarde, ela bateu à porta do meu apartamento; eu a esperava. Levantei, abri a porta e ela entrou.

Eu havia pensado em lhe fazer algumas perguntas. Sabia que ela tinha mostrado aos vizinhos, em sua cidadezinha, o vídeo da sua subida ao palco sob aplausos — minha irmã tinha me contado.

Perguntei como ela estava, o que tinha feito naqueles dias em que não tínhamos nos visto, e quando se preparava para responder, ela notou, numa das estantes, um exemplar do livro que inspirou a peça, *Lutas e metamorfoses de uma mulher*.

Ela se aproximou, pegou o livro e o examinou.

— Desde que você escreveu este livro, eu já mudei muito. Você vai precisar escrever um dia! Eu me transformei ainda mais.

Eu disse que ela tinha razão:

— É verdade. É verdade. Vou fazer isso.

Na época em que ela proferiu essas palavras, um pouco de brincadeira, um pouco a sério, eu tentava escrever outro livro. O livro explorava a história da minha relação com meu irmão mais velho, morto pelo álcool aos trinta e oito anos.

Então deixei de lado esse texto sobre essa relação fraternal para, em vez disso, escrever um novo capítulo da vida da minha mãe, de suas metamorfoses.

Por meio dela, descobri o prazer de escrever a serviço de outra pessoa.

Aprendi o encanto da invisibilidade, do apagamento, de me tornar apenas um olhar na história de um destino que não o meu.

Este livro que você está lendo é, de algum modo, resultado de uma encomenda da minha mãe.

Eu não decidi fazê-lo, não o programei.

A ideia não foi minha.

E nada na literatura me deixou mais feliz.

Citações e referências ao longo do texto

CIXOUS, Hélène. *Ève s'évade*. Paris: Galilée, 2009.

ERIBON, Didier. *Vie, vieillesse et mort d'une femme du peuple*. Paris: Flammarion, 2023.

KINCAID, Jamaica. *Mon frère*. Trad. de Jean-Pierre Carasso e Jacqueline Huet. Paris: L'Olivier, 2000. [Ed. original: *My Brother*. Nova York: Noonday, 1997.]

LAGASNERIE, Geoffroy de. *Se méfier de Kafka*. Paris: Flammarion, 2024.

SIMMEL, Georg. *Les Pauvres*. Trad. de Bertrand Chokrane. Paris: PUF; Quadrige, 2002.

WOOLF, Virginia. *Une chambre à soi*. Trad. de Sophie Chiari. Paris: Le Livre de Poche, 2020. [Ed. bras. citada: *Um teto todo seu*. Trad. de Bia Nunes de Sousa. São Paulo: Tordesilhas, 2014.]

Monique s'évade © Édouard Louis, 2024
Originalmente publicado por Éditions du Seuil
em 2024. Todos os direitos reservados.

Todos os direitos desta edição reservados à Todavia.

Grafia atualizada segundo o Acordo Ortográfico da Língua
Portuguesa de 1990, que entrou em vigor no Brasil em 2009.

capa
Luciana Facchini
foto de capa
Daria Piskareva
preparação
Ciça Caropreso
revisão
Jane Pessoa
Érika Nogueira Vieira

5ª reimpressão, 2025

Dados Internacionais de Catalogação na Publicação (CIP)

Louis, Édouard (1992-)
   Monique se liberta / Édouard Louis ; tradução Marília
Scalzo. — 1. ed. — São Paulo : Todavia, 2024.

   Título original: Monique s'évade
   ISBN 978-65-5692-700-8

   1. Literatura francesa. 2. Romance. 3. Autobiografia.
I. Scalzo, Marília. II. Título.

CDD 843

Índice para catálogo sistemático:
1. Literatura francesa : Romance 843

Bruna Heller — Bibliotecária — CRB 10/2348

todavia
Rua Luís Anhaia, 44
05433.020 São Paulo SP
T. 55 11. 3094 0500
www.todavialivros.com.br

fonte
Register*
papel
Pólen bold 90 g/m²
impressão
Geográfica